Lena hat mit ihrem Freund Kurt ein Haus gekauft. Es scheint, als wäre ihre größte Herausforderung, sich an die neuen Familienverhältnisse zu gewöhnen, daran, dass Brandenburg nun Zuhause sein soll. Doch als Kurts kleiner Sohn bei einem Sturz stirbt, bleiben drei Erwachsene zurück, die neu lernen müssen, wie man lebt.

Sarah Kuttner erzählt von einer ganz normalen komplizierten Familie, davon, was sie zusammenhält, wenn das Schlimmste passiert. Sie schildert diese Tragödie direkt und leicht und zugleich mit einer tiefen Ernsthaftigkeit, wie nur Sarah Kuttner das kann. Eine Liebeserklärung an die, die gegangen sind, und an die, die bleiben.

»›Kurt‹ zeigt eindrucksvoll, wie Menschen an ihrer Trauer wachsen können.«   *Deutschlandfunk Kultur*

Sarah Kuttners erster Roman »Mängelexemplar« erschien 2009 und stand wochenlang auf der Bestsellerliste. Damals wie heute schreibt Kuttner über ernste, existenzielle Themen direkt, ehrlich und schwerelos. Mit dieser Mischung aus Einfühlsamkeit und Lässigkeit wurde sie auch in ihren Sendungen »Sarah Kuttner - die Show« (VIVA) und »Kuttner.« (MTV) bekannt und moderierte seitdem zahlreiche eigene Formate in ARD, ZDF und diversen dritten Programmen. Seit 2016 produziert und präsentiert sie die monatliche Veranstaltungsreihe »Kuttners schöne Nerdnacht«, seit 2017 moderiert sie gemeinsam mit Stefan Niggemeier den Podcast »Das kleine Fernsehballett« auf Deezer.

Weitere Informationen finden Sie auf www.fischerverlage.de

Sarah Kuttner

Kurt

Roman

FISCHER Taschenbuch

2. Auflage: März 2020

Erschienen bei FISCHER Taschenbuch
Frankfurt am Main, März 2020

© 2019 S. Fischer Verlag GmbH,
Hedderichstr. 114, D-60596 Frankfurt am Main

Satz: C.H.Beck.Media.Solutions, Nördlingen
Druck und Bindung: CPI books GmbH, Leck
Printed in Germany
ISBN 978-3-596-70415-6

für Jakob

und Miri
und Marc
und Roger

Nicht nichts
ohne dich
aber nicht dasselbe

Nicht nichts
ohne dich
aber vielleicht weniger

Nicht nichts
aber weniger
und weniger

Vielleicht nicht nichts
ohne dich
aber nicht mehr viel

(Erich Fried)

And oh, my love, my love
And oh, my love, my love
We both go down together

(The Decemberists)

I

KURT

Kurt hat winzige Augen. Ganz zugeschwollen vom Schlaf und einem schönen Veilchen. Veilchen sollte man vielleicht gar nicht schön finden, zumindest nicht an kleinen Kindern, aber Kurt steht sein Veilchen, es passt zu dem Mund voller wackeliger Milchzähne und der winzigen Boxernase und lässt ihn viel verwegener wirken, als er eigentlich ist. Die Boxernase hat er vom großen Kurt. Ich liege in einem Bett voller Kurts, kleine und große, alle haben Boxernasen und Schlafaugen. Während der große Kurt eine leichte Schnapsfahne zu mir rüberwehen lässt, liegt der kleine Kurt auf mir. Wie ein Seestern ausgebreitet, bedeckt der für sein Alter etwas zu kleine Körper meinen gesamten Oberkörper. In der rechten Hand hat er ein oranges Matchboxauto, wobei ich nicht sicher bin, ob man heutzutage noch Matchboxauto sagt, es hat jedenfalls kleine weiße Gummiflügel und fährt auf dem Kissen neben meinem Gesicht hoch und runter. Den Kopf hat Kurt auf meiner Brust abgelegt, er muss ihn weit in den Nacken strecken, damit er mich durch seine verquollenen Augen anstarren kann. In der Werbung liegen Kinder attraktiver, vor allem aber gemütlicher auf ihren Eltern. Dieses hier liegt weder gemütlich noch auf einem Elternteil, also sage ich: »Kurti, willste nicht lieber auf deinem Vater rumliegen?«

»Nee.«

»Aber weißte, ich kann kaum atmen.«

Kurts Veilchenauge ist noch ein bisschen kleiner als das veilchenlose und, wie es sich für ein richtiges Veilchen gehört, auch etwas blutunterlaufen.

»Papa stinkt aber.«

Ich muss lachen und schüttle die zwanzig Kilo Kurt auf meiner Brust ein bisschen durch.

»Ihr stinkt selber. Alle beide!«, murmelt der große Kurt von meiner rechten Seite, und weil kleine Kinder nicht genug von stinken reden können und auch selten wissen, wann humoristisch der Peak überschritten ist, antwortet der kleine Kurt kichernd, mich aber weiterhin in beeindruckender Genickstarre fixierend: »Du stinkst aber am meisten! Nach Pups!«

Wäre ich nun Kurts Mutter, fände ich das wahrscheinlich immer noch ziemlich witzig oder wenigstens sehr niedlich, aber ich bin es eben nicht und vielleicht auch etwas zu streng, was Humor angeht, also lasse ich die beiden Kurts weiterkichern und drehe mich zur Seite, so dass der kleine Kurt auf den großen rollt, was beide noch viel lustiger finden und mir die Gelegenheit gibt aufzustehen. Der große Kurt versucht nach meinem Arm zu greifen, erwischt aber nur meinen nackten Hintern, der mir erst in diesem Moment unangenehm bewusst wird. Nicht der

Hintern per se, der ist vollkommen o. k. für sein Alter, aber ich finde, ich sollte nicht nackt im Bett mit zwei Kurts liegen, von denen nur einer meiner ist.

»Bleib hier, du alte Stinke!«, kräht der Kurt, der nicht meiner ist, und sieht seinen Vater durch anderthalb Augen nach Bestätigung gierend an.

»Ja! Hierbleiben sollse, die alte Stinke!«, wird er bestätigt, und plötzlich fühle ich mich, als würde ich nicht dazugehören. Als würde ich die Kurt-Party stören.

»Ich muss aufs Klo«, murmle ich und versuche die Bettdecke mit mir auf die Toilette zu ziehen, was ausschließlich in amerikanischen Filmen funktioniert, weil die eben keine fetten Daunendecken haben und auch nicht zwei Kurts, die man mit der Decke aus dem Bett ziehen würde. Also bedecke ich einfach wie ein Teenager mit den Händen meinen Hintern, während ich aus dem Schlafzimmer schleiche.

Die Bodenfliesen sind nicht nur hässlich, sondern auch unangenehm kühl. Dass die Idee, gerade hierher zu flüchten, eher dumm war, wird mir vollends klar, als ich frierend auf dem kleinen, klammen Badewannenvorleger wie auf einer Insel inmitten von Achtzigerjahrefliesen rumstehe, als würde ich Reise nach Jerusalem mit mir selbst spielen. Ich muss gar nicht aufs Klo. Ich musste nur kurz raus aus dem Nest voller warmer Körper und Schnapsdunst. Aber ich bin ja nicht nur hinten nackt, sondern auch vorne, und wie soll ich denn bitte zurück ins Schlafzimmer gehen, ohne dem kleinen Kurt nun auch Brüste und Schamhaare aufzudrängen? Ich sehe mich in dem traurigen kleinen Raum um. Er strahlt keinerlei Gemütlichkeit aus, und wir haben ihm auch nicht geholfen, die beste Version seiner selbst zu sein. Hygieneartikel eignen sich nicht zur Dekoration, Kurts Badewannenspielzeug ist zwar farbenfroh und niedlich, aber eben nur Spielzeug, und Badetextilien haben wir einfach irgendwie vergessen. Es ist nicht so, dass wir keine besitzen, wir haben ein schönes Potpourri aus zusammengewürfelten Handtüchern unserer Vergangenheit, nur dass sie immer noch in einem Umzugskarton in Kurts Kinderzimmer stehen. Hier im Bad befinden sich nur Kurts Feuerwehrmann-Sam-Bademantel und ein einzelnes kleines Handtuch, das eben für Hände und nicht einen ganzen Körper gedacht ist. Ich ärgere mich über unsere Verpeiltheit. Seit Wochen fluchen wir immer abwechselnd, wenn wir aus der Dusche steigen und nur diesen winzigen Lappen zum Abtrocknen haben. Seit Wochen vergessen wir, seine großen Brüder einmal gesammelt zu waschen und zur Benutzung freizugeben. Spätestens heute werde ich daran denken. Ich erkaufe mir wertvolle Zeit, indem ich mir, fröstelnd und weiterhin nackt, die Zähne putze.

Als ich sieben Jahre alt war, nannte mich ein anderes Kind mal »Nacktschwein« mit Ausrufungszeichen. Ich lag am See meiner Kindheit und spielte Karten mit meiner kleinen Schwester Laura. Bis zu diesem Tag hatte ich über das Nacktsein gar nicht nachgedacht. Wir waren es einfach, es schien Sinn zu ergeben, wenn man eh permanent im Wasser war, um andere Kinder von der Luftmatratze zu schmeißen oder sich von oben bis unten mit dunklem Seeschlamm einzureiben. Ein Badeanzug hätte da nur gestört. Meine Eltern waren auch oft nackt, nicht an diesem Tag an diesem See, schließlich waren sie erwachsen, und schon damals schienen für Erwachsene andere Regeln zu gelten. Aber in der moralischen Sicherheit von Oma Inges Garten waren wir, zumindest im Hochsommer, oft alle unbekleidet. Mein Vater las irgendwas in einer abgelegenen Ecke des Gartens, meine Mutter spielte im Schatten der Terrasse mit meiner Tante Rommé, Oma Inge stand wahlweise in der Küche oder fummelte irgendwas in den Beeten herum. Alle halbnackt oder nackt. Ich fand das nicht besonders aufregend, manchmal allerdings lustig. Wenn mein Vater beim Lesen auf der Seite lag und sein Penis wie eine träge Schlange auf die Seite fiel zum Beispiel. Meine Schwester und ich lachten darüber, meine Mutter lachte mit, und manchmal klemmte mein Vater seinen Penis zwischen die Beine, so dass er aussah wie eine Frau, und lachte auch. Es gibt diverse pixelige Fotos meiner Kindheit, in der wir alle glücklich und hautfarben in Oma Inges Garten in der Schorfheide rumlungern. Das »Nacktschwein« mit Ausrufungszeichen hatte, soweit ich mich erinnere, nur kurz für Scham gesorgt. Ich begann erst dann am Strand Badekleidung zu tragen, als meine Brüste ihren ersten zaghaften Auftritt hatten, wobei sich eine ziemlich verspätete, was etwas ungünstig aussah und für mich der Hauptgrund war, sie zu bedecken.

Nacktheit ist also kein Problem. Eigentlich. Dass ich

jetzt so blöde rumeiere, hat mit Kurt zu tun. Dem kleinen, nicht dem großen. Mit dem großen Kurt arbeite ich gerade nackt besonders gut zusammen. Der kleine hingegen kennt meinen unbekleideten Körper nicht. Er wurde nicht an meinem Schamhaar vorbei in den kalten Kreißsaal gestoßen und ernährte sich nicht monatelang von meinen Brüsten. Ich weiß nicht, wie die Regeln sind für Nacktheit zwischen Erwachsenen und Kindern, die nicht ihre eigenen sind.

Kurts Feuerwehrmann-Sam-Bademantel endet verlässlich über meiner Poritze, was den Fakt, dass ich ihn trage, noch lächerlicher macht, aber Entspannung und Coolness habe ich augenscheinlich im Bett gelassen, also schleiche ich so schnell, wie man eben schleichen kann, über den kurzen Flur in Kurts Kinderzimmer, um mir ein ungewaschenes, aber großes Handtuch zu holen.

»Ich kann deinen Po sehen! Papa, ich kann Lenas Po sehen!«, kreischt Kurt, von einem Bein aufs andere hopsend, eine Choreographie aus Aufregung und wahrscheinlich voller Blase, aus dem Schlafzimmer.

»Und? Wie sieht er aus? Ziemlich super, oder?«, fragt der große Kurt träge und mit gedämpfter Stimme. Vermutlich liegt sein stark verkaterter Kopf unter der Bettdecke und atmet Schnaps ein und aus.

»Er ist riiiieeeesig!«, kichert sein Sohn und verschwindet zappelig auf dem Klo. Er möchte gern noch bleiben und weiter Quatsch erzählen, aber sein kleiner Körper kann die Dringlichkeit der Blase nicht mehr ignorieren, und so ergibt sich endlich eine Gelegenheit, meinen Körper vernünftig zu bedecken. Ich drehe um zum Schlafzimmer und ziehe hektisch die Jeans von gestern Abend über den blanken Hintern.

»Trägst du Kurts Bademantel?«, fragt Kurt unter der Bettdecke hervor. Ich ignoriere ihn und suche mein Shirt. Es liegt unter dem Bett.

»Lena. Du trägst einen winzigen Bademantel!« Ich rolle laut mit den Augen und verfange mich in den Löchern meines T-Shirts.

»Nicht anziehen! Komm noch mal ins Bett!«, jammert Kurt und zieht mich an der Gürtelschlaufe rückwärts in die Kissen. Ich verliere das Gleichgewicht, und wir knallen mit den Köpfen aneinander.

»Aua! Mann, Kurt!«

Kurt hält sich die Stirn, kichert und äfft seinen Sohn nach: »Ich kann Lenas Po sehen! Er ist riiiieeesig!«

»Wie alt bist du? Fünf?«, frage ich und wälze mich aus dem Bett. »Ich mach Frühstück. Steh mal auf, die Pflanzentypen kommen jetzt irgendwann«, sage ich, weil es stimmt, aber auch, weil ich nicht mehr über meinen Po reden möchte.

»Pflanzentypen Schmanzenschmüpen«, murmelt Kurt und zieht sich die Decke wieder über den Kopf. Während ich die Fichtenholztreppe runter in die Küche gehe, höre ich, wie er ruft: »Kurt! Biste ins Klo gefallen? Zieh dich mal an, Lena sagt, die Schmanzenschmüpen kommen!«

»SCHMANZENSCHMÜPEN!«, höre ich Kurt nur noch aus der Entfernung echoen, und bin plötzlich froh, dass beide wahrscheinlich noch eine ganze Weile brauchen werden, um in der Küche zu erscheinen, so dass ich ein wenig Zeit habe, mich zu entmuffeln. Bevor ich Kurts über einer Stuhllehne hängenden Seefahrerpullover überwerfe, ziehe ich mein in der Eile falsch herum angezogenes T-Shirt schnell wieder aus und drehe es auf rechts. Dann mache ich das Radio an und starre ein bisschen aus dem Fenster in den grauen Garten. Dass die Pflanzen heute geliefert werden, ist blöd, es ist vermutlich zu kalt, um sie einzupflanzen. Aber vor drei Wochen, als ich sie online bestellt habe, war Ende März laut Internet ein guter Zeitpunkt. Jetzt allerdings liegen noch kleine harte Schneereste in den Ecken unseres Gartens. Ich hätte einfach zu Pflanzen-Kölle in Hohen Neuendorf fahren sollen. Oder in irgendeine lokale Baumschule. Aber das Angebot online war einfach größer und günstiger und ohne Menschen, die einen mit riesigen Einkaufswagen voller Teich-Deko umfahren und – ach. Jetzt kommen die Pflanzen eben heute, und da müssen dann jetzt alle durch.

Ich liebe Brandenburg. Ich habe alle Sommer meiner Kindheit dort verbracht, auch heute tausche ich sehr regelmäßig die Stadt, zumindest für Spaziergänge oder Romantikausflüge, gegen die schöne Piefigkeit der Uckermark, des Oberhavellandes, des Spreewaldes oder der Schorfheide. Ich wollte nie ans Meer, in die Berge, ins Ausland. Immer und am liebsten in die weiten Felder und Wälder vor dem nördlichen Berlin. Ich habe alles zu lieben gelernt. Die riesigen Windräder, gegen deren Lärm sich Einwohner zur

Wehr setzen. Das stinkende Chemiewerk, das mich auf der A 10 immer daran erinnert, gleich am Dreieck Pankow wieder die Abfahrt auf die A 114 Richtung Berlin zu nehmen. Die trostlosen und oft öde geradlinig verlaufenden Hauptstraßen durch Basdorf, Liebenwalde, Summt oder Zerpenschleuse. Die runtergekommenen, grauen Dorfhäuser, die durch eine radikale und oft kreischende Fassadensanierung der frühen zweitausender Jahre nur noch schlimmer und trauriger wurden. Die neonfarbenen Pappschilder, die einem, an Bäume genagelt, je nach Saison Pfifferlinge, Spargel, Erdbeeren oder Kürbisse versprechen. Die oft bereits verwitterten Holzkreuze unfalltoter Jugendlicher an den Bäumen der zahlreichen Alleen. Die ungelenken Graffitiherzen, die Mandy bitten, Maik zu heiraten. All das berührt mich sehr. All das liebe ich mit heißer Leidenschaft.

Hier plötzlich zu leben, ist allerdings etwas anderes.

Kurt riecht jetzt nach Schnaps und Zahnpasta, während er mir den Nacken küsst und »Wasn los mit dir?« hineinmurmelt.

»Nichts«, sage ich.

Ich hatte nicht genug Zeit, um mich vernünftig zu entmuffeln, daher winde ich mich etwas ungelenk aus Kurts Umarmung und mache Kaffee.

»Lena.«

»Alles gut. Wirklich. Ich bin nur ein bisschen verkatert.«

Das stimmt so nicht, ich habe gestern Abend bedeutend weniger als Kurt getrunken.

»Ist es, weil wir über deinen Po geredet haben? Du weißt, ich bin der Fanclubleiter für deinen Po!«

»Kurt, lass es doch jetzt einfach mal sein.«

Kurt lässt es aber nicht sein und hakt nach: »Es ist doch vollkommen o. k., wenn er dich nackt sieht! Er sieht doch auch mich oder Jana nackt. Ist doch überhaupt kein Problem.«

»Nur mit dem Unterschied, dass ihr seine Eltern seid. Mein Hintern gehört nicht zur Familie.«

Wir müssen jetzt beide lachen, weil es so blöd klingt, aber ein Teil von mir weiß, dass da das Problem liegt: Wie viel meines Hinterns gehört zur Familie?

Von der Treppe ist leises Rumpeln zu hören, Kurt brüllt ins Obergeschoss hoch: »Ey Boxer, findste nicht, dass Lenas Hintern auch zur Familie gehört?« und verlässt die Küche, um die Zeitung zu holen. Ich trete nach ihm und will gerade irgendwas Egales die Treppe hochrufen, um Kurt abzulenken, weil ich keine Lust habe, dass wir hier in der Küche gleich alle drei weitermachen mit Po und Co., da sehe ich, dass Kurt ganz langsam, aber gewaltig weinend die Treppe runterstakst. Er trägt nur einen rührenden, winzigen Kleine-Jungs-Schlüpfer und den Feuerwehrmann-Sam-Bademantel, dessen Taschen nun mit Plastikautos vollgestopft sind. Er hält etwas in seiner kleinen Hand.

»O je, was ist denn los?«, frage ich und bin froh über die unverhoffte Wärme, die plötzlich durch meinen muffeligen, kalten Körper strömt.

»Noch ein Zahn!«, schluchzt Kurt und kann vor lauter

Wasser in den Augen vermutlich gar nichts sehen. Vorsichtig, wie um ihn nicht aufzuwecken, streckt er mir seinen bereits zweiten ausgefallenen Milchzahn in der winzigen Hand entgegen. »Mausepeter, das macht doch aber gar nichts!«, sage ich, wohlwissend, dass ich ihn damit nicht tröste. Im Gegensatz zu anderen Kindern weiß Kurt den Verlust von Milchzähnen nicht zu schätzen. Seit ihm irgendein Arschlochkind damals im Kindergarten erzählt hat, dass nach den Milchzähnen keine neuen Zähne mehr kommen und er für den Rest seines Lebens Suppe wird essen müssen, hat Kurt große Angst vor ausfallenden Zähnen. Natürlich haben wir ihm sehr detailliert und sogar anatomisch korrekt versucht zu beweisen, dass nach Milchzähnen immerimmerimmer richtige, noch viel coolere Zähne kommen, welche, die sogar richtig scharf sind, mit denen man allerhand harten Kram knacken und sogar Metall verbiegen kann, aber ein gewisser Restzweifel ist seitdem geblieben und gräbt jetzt seine spitzen Klauen durch diesen zarten Jungen nach draußen.

»Das ist *doch* ein Problem!«, insistiert Kurt, sieht mich aber durch das ablaufende Wasser seiner Augen direkt an (so direkt es geht, das Veilchen ist inzwischen recht zugeschwollen, das andere Auge versucht sich aber zu konzentrieren) und erwartet weitere Überzeugungsmaßnahmen. Ich greife Kurt unter die Arme und hebe ihn auf meine Hüfte. Wie ein Faultier klammert er sich mit allen verfügbaren Extremitäten sofort an mir fest und legt den Kopf auf meiner Schulter ab. »Ich will keine Suppe essen«, fiept er, und ich kann in der Spiegelung der Glasschränke neben uns sehen, dass er sich hinter meinem Rücken den Milchzahn in seiner Hand skeptisch, aber genau ansieht. Da Kurt von alleine an mir hängt, habe ich zwei Hände frei, um Butter und Wurst aus dem Kühlschrank zu holen.

»Du musst keine Suppe essen, Kurt. Ich schwöre, da werden schon ganz bald superscharfe neue Erwachsenenzähne nachwachsen, ich wette, man kann sie sogar schon fühlen!«

Kurt lässt ein Viertel seines Klammergriffes los, um einen Finger in den Mund zu stecken.

»Da ist gar nix scharf«, murmelt er, den Finger noch im Mund.

»Wir gucken nachher mal richtig. Mit einem Spiegel und allem. Ich wette, das Loch sieht außerdem ziemlich lässig aus mit all dem Blut. Vielleicht hängt da sogar noch blutiger Schleim dran!«, sage ich aufmunternd, als Kurt von draußen zurück in die Küche kommt.

»Boah, es ist scheißekalt draußen. Gauger sagt aber, dass man trotzdem schon pflanzen kann. Zumindest die Thuja. Den Rest können wir ja erst mal im Haus lassen und wässern, bis es ein bisschen wärmer wird!«

»Papa! Lena sagt, vielleicht können wir sogar blutigen Schleim sehen!«, ruft Kurt und streckt euphorisch beide Hände in die Luft, so dass er sich nur noch mit den Beinen an mir festklammert und ich mich in Sekundenschnelle entscheiden muss, entweder eine Rolle Harzer oder Kurt fallen zu lassen. Wie schnell diese Kinder kaputtgehen können!

»Na, das ist doch super! Blutigen Schleim will doch jeder gerne sehen!«, sagt Kurt im Brustton der Überzeugung und sieht mich fragend an.

»Wir hatten ein weiteres Zahndilemma«, sage ich und setze Kurt ab, um den Tisch weiter zu decken. Mit einem unauffälligen Blick versichere ich mich, dass die Stimmung nicht von »Yay, blutiger Schleim!« zurück zu »Ich will keine Suppe essen müssen« kippt.

»Wow! Noch ein Zahn?«, fragt Kurt und hockt sich hin, um die blutigen Überreste des kindlichen Gebisses zu bestaunen.

Der kleine Kurt kann sich jetzt nicht so recht zwischen Stolz und Vorfreude auf blutigen Schleim und Sorge um seine zukünftige dentale Beschaffenheit entscheiden und wählt daher vor Schreck einen Mittelweg, indem er wieder anfängt zu weinen und fragt: »Können wir jetzt den blutigen Schleim sehen?«

»Klar, Mann!«, erwidert sein Vater, und die beiden verschwinden nach oben, um im Bad ausgiebig in Kurts Mund rumzupulen.

»Sind Sie ditt? Mitte Pflanzn?«

Der Spediteur der Online-Baumschule meiner Wahl hatte augenscheinlich schon schönere Samstage, ganz kaputt und gebückt steht er neben seinem kompliziert rückwärts in unsere etwas zu schmale und ungepflasterte Straße gefahrenen Lieferwagen. Obwohl er noch etwa zehn Meter vom Gartentor entfernt ist, kann ich sehen, dass er riecht. Ich nehme ihm das nicht übel, man darf, ja soll gefälligst, ordentlich riechen, wenn man den ganzen Tag Thuja-Solitärpflanzen durch Brandenburg trägt.

»Hallo!? Ob Sie ditt sind mitte Pflanzen, haick jefragt!«

Kurt hat den schweren Lieferwagen vor uns gehört und rennt zum Tor vor, wobei er äußerst vergnügt »SCHMAN-ZENSCHMÜPEN!« brüllt.

»Kurt!«, zische ich ihm warnend hinterher, was leider etwas in seinem Gejauchze verhallt. Insgeheim freue ich mich, dass die zahnlose Minka mit dem tränen-, blut- und marmeladeverschmierten Gesicht augenscheinlich vergessen hat, dass sie vielleicht für den Rest ihres Lebens Suppe essen muss und stattdessen das Flügelauto durch die Luft fahren lässt. Also zische ich nicht weiter, sondern laufe nur zügiger zum alten Jägerzauntor, auch, um den offensichtlichen Groll des Spediteurs und die Neugierde der Nachbarn, soweit es geht, in Zaum zu halten.

»Jaja, wir sind das. Rieß / Horstmann. Mit Schrägstrich, nicht Bindestrich«, füge ich etwas atem-, weil konditionslos hinzu.

Das verständnislose Gesicht des bei geringerer Entfernung tatsächlich nach Arbeit riechenden Mannes macht klar, dass ihm unsere private Verbindung vollkommen egal ist. Er blickt auf den unter der Nase und in den Mundwinkeln langsam etwas krustig werdenden Kurt hinunter, der inzwischen auch ganz beeindruckt und still ist, aber auch damit beschäftigt, sich in den Rauten des Jägerzaunes festzuklemmen, damit er etwas größer ist. Der Mann blickt auf sein Clipboard: »Eine Thuja Solitär Höhe einsfünfundsiebzichbiszweimeter, eine Salix Ba...babül...na

'ne Korkenzieherweide und Jasmin einsfuffzichbiseinsfünfundsiebzich Höhe, dit is so richtich?«

Weil der Mann so irre schlechtgelaunt ist, selbst für
einen Brandenburger, bin ich etwas eingeschüchtert und
nicke einfach, obwohl ich gar nicht sicher bin, ob es das ist,
was ich vor drei Wochen bestellt habe.

»Und wo soll ditt jetze hin?«, fragt er so, dass es klingt
wie eine gutgeölte Backpfeife. Ich bin kurz davor anzubie-
ten, die schweineschweren Pflanzen selber aus dem Laster
zu tragen, so sehr möchte ich von dem Mann nicht gehasst
werden, dann fällt mir aber ein, dass ich 45 Euro für die
Spedition bezahlt habe, und erwidere daher tapfer: »Also
dahinten, wo das Loch ist, wäre schön!«, und zeige, ohne
ihn aus den Augen zu lassen, in die grobe Richtung, wo im
Herbst eine Tanne umgefallen ist und diverse Büsche mit
in den Tod gerissen hat. Der rostige Maschendrahtzaun
der Nachbarn zu unserer Linken hingegen wurde nur aus-
gebeult und ist nun in seiner ganzen Hässlichkeit sichtbar.

»Nee. Machenwa nich. Wir liefern nur bis zur Bordsteinkante. Ditt ist im Vertrag so verankert.«

Gerade als ich ihn über rhetorische Fragen aufklären
will, fragt Kurt: »Was ist eine Bordsteintante?«

»Kante. Bordsteinkante«, sage ich geistesabwesend.
»Das ist diese Stufe, die es vom Bürgersteig runter auf die
Straße geht, wo man immer stehen bleiben muss, weißte?«
Kurt denkt nach, sieht sich um und sagt: »Hier ist aber gar
keine Bordsteinkante.«

Er sagt es ganz enttäuscht. Als würde ihm, *schon wieder*,
etwas vorenthalten. Ich bin plötzlich sehr stolz auf Kurt,

rücke näher an das Tor und ihn heran und lege ihm den Arm um die Schultern.

»Nee, hier ist gar keine Bordsteinkante«, sage ich und sehe dem Spediteur, so fest ich kann, in die Augen. Fest kann ich allerdings nur etwa 1,5 Sekunden lang, und genau in dem Moment, in dem der Mann mich vielleicht umbringen möchte, kommt der große Kurt aus dem Haus und ruft mit tiefer Stimme: »Morgn! Scheißwetter, wa? Wollnse 'n Kaffe?«

Der Bann zwischen Spediteur und mir wird gebrochen, der kleine Kurt windet seine Gummibeine aus dem Gartentor und rennt auf seinen Vater zu: »Hier gibt es keine Bordsteintante! Wo soll der Mann jetzt die Blumen hinmachen?«

Er scheint ehrlich besorgt, und schon wieder bin ich ganz verknallt. Sollten Kurt tatsächlich aus irgendeinem blöden Grund keine Erwachsenenzähne nachwachsen, baue ich ihm das coolste Gebiss der Welt. Aus lauter scharfen Goldzähnen, so dass er wie der allerdopeste Rapper der Welt aussieht und das kleine Lügenarschlochkind aus dem Kindergarten einfach zerfetzen kann.

»Macht do' nüscht!«, berlin-brandenburgt Kurt weiter Richtung Spediteur und klopft seinem Sohn nebenbei beruhigend den Kopf, und jetzt will ich auch dem großen Kurt irgendwas Schönes aus Gold bauen, denn das hier ist gerade seine Version von Ritter in glänzender Rüstung.

»Holnse einfa' allet raus aussa Karre, ick schlepp dit selber rinn!«, grinst er den Mann breit und ehrlich an und fragt noch mal: »Kaffe? Und watt is mit Ihrem Kollegen, der ooch?«

Der Spediteur ist auch nur ein Mann mit einem Herzen und errötet jetzt leicht vor so viel unerwarteter Zuneigung.

»Neenee, lassma, wir müssn ja no' weita. Wennde ne Sackkarre hast, denn stellick euch ditt ooch in Garten rinn!«

Man wechselt unverhofft zum Du. Es ist wie eine Dokumentation über Verhaltensforschung. Der kleine Kurt hat den Finger tief in einem Nasenloch vergraben und kichert bei dem Wort Sackkarre. Danach wiederholt er es leise und ehrfürchtig.

»Haick!«, sagt sein Vater und zwinkert Popel-Kurt zu: »Komm, wir holen mal die Sackkarre, Kurt. Und Finger aus der Nase, Männer brauchen beide Hände für die Arbeit!«

Wieder kichert der kleine Kurt, und beide gehen geschäftig zum Schuppen, um die – na ja. Der Spediteur hingegen sagt: »Juti, denn hol ick ma den Kram ausm Auto«, und dreht sich von mir weg. Ich habe jetzt gar keinen Job mehr, also stehe ich erst ein bisschen rum und öffne dann zumindest das Tor, damit die Männer Pflanzenübergabe machen können. Als Kurt stolz und ein bisschen schnaufend die Sackkarre hinter sich herziehend wieder am Tor angekommen ist, blickt der Spediteur, den für seine angeblichen *einsfuffzichbiseinsfünfundsiebzich* recht mickrigen Jasmin in einem beeindruckend großen Topf schleppend, auf Kurt hinunter und sagt: »Na, da hatta aba orntlich wat abjekricht, der Kleene, wa? Ditt isn amtlichet Veilchen, würdick ma sagn«, und er sagt es tatsächlich mit Respekt.

»Du musst erst mal den anderen sägen!«, kräht Kurt, blickt stolz zu mir und streckt gleichzeitig das Veilchenauge näher an den Mann heran, nur falls er es noch nicht so *richtigrichtig* gesehen haben sollte.

»Sehen, Kurt, *sehen*!«, sagt der große Kurt ihm von hinten leise ins Ohr. Plötzlich bin ich froh, dass wir uns beim gemeinsamen Einstudieren dieses kleinen Kunststückes doch noch in letzter Sekunde gegen die Variante »Ich habe zehn Nazis verprügelt« entschieden haben. Das hätte ja doch auf diversen Ebenen schiefgehen können.

Der Spediteur lacht und sagt: »Na, ditt gloobick aba!«

Das ist eben auch das Tolle an Brandenburg. Hier bekommt man für ein hart erspieltes blaues Auge noch ehrlichen Respekt und keinen zweifelnden Blick, der von »Sie müssen wirklich besser auf Ihr Kind aufpassen« bis »Müssen wir uns wegen häuslicher Gewalt Sorgen machen?« alles bedeuten kann.

»Und Sie wollen wirklich keinen Kaffee?«, frage ich, aber nur weil ich nicht weiß, was ich sonst so sagen soll und weil ich hoffe, auch etwas Brandenburgliebe abzubekommen.

»Nee, is schon jut. Ick muss no weita. Sobald die ersten Sonnenstrahlen rauskieken, wollnse plötzlich alle ihre Pflanzn ham. Am besten jestern schon. Hier ist die Rechnung, bezahlt issja schon allet, Sie quittieren nur den Empfang.«

Ich quittiere und sehe zu, wie Kurt dem Mann einen Zehner in die Hand drückt und sich mit der anderen Hand kumpelhaft verabschiedet.

»Tschüssi!«, ruft auch der kleine Kurt und schiebt hinterher, »und du musst mal den anderen sehen!«

Humor und Timing sitzen noch nicht ganz.

Janas Volvo ruft bei Kurt weniger Begeisterung hervor als der Lieferwagen der Schmanzenschmüpen, was mich kindischerweise etwas stolz macht. Er sieht von dem winzigen Loch, das er mit einer kleinen rosa geblümten Schippe gegraben hat, nur kurz auf und stellt fest: »Mama ist da.« Ich nicke und sage: »Na, dann hol mal deinen Kram, die will bestimmt schnell weiter wegen Joni.« Kurt seufzt theatralisch und sagt dann so abfällig, wie es in seinem Alter eben geht: »Joni.«

Grundsätzlich kann Kurt seine Schwester ganz gut leiden, aber die ist eben noch ein Baby, und es weiß ja wohl *jeder*, was von Babys bitteschön zu halten ist.

Ich erwidere nichts, zum einen, weil ich nicht weiß, was da jetzt pädagogisch richtig wäre, und zum anderen, weil ich es selber schade finde, dass Jana schon da ist. Kurt wollte wenigstens eine Pflanze ganz alleine eingraben, auch wenn das mit der winzigen Schippe, die meine Mutter mir ironisch zum Umzug geschenkt hat, noch bis zu seinem Abitur gedauert hätte. Weil ich nichts mehr sage, sagt Kurt auch nichts und gräbt einfach weiter.

»He Spatz, kommst du?«, fragt Jana, als sie das Tor hinter sich geschlossen hat.

»Ich muss noch Lenas Blume eingraben!«, erwidert Kurt und gräbt schneller.

»Hi«, sage ich und zucke entschuldigend mit den Schultern.

»Sorry, Lena! Wir müssen schnell weiter wegen Joni. Die wartet im Auto.«

»Warum ist die denn im Auto? Hol die doch raus, und dann könnt ihr mit Papa fernsehkucken, bis ich die Blume eingegraben habe!«, schlägt Kurt vor.

Geil bestechende Logik, finde ich, denn solange Jana nicht konkreter als »wegen Joni« wird, spricht nichts dagegen, das Kind aus seinem teuren Kindersitz zu holen und im Haus eine Weile die Samstagswiederholungen von *Shopping Queen* zu sehen.

»Och Kurt! Jetzt hol einfach deine Sachen, ja?«, sagt Jana und blickt hilfesuchend zum Haus.

Ich bleibe stumm. Ich finde, dass man Kurt zumindest schuldig ist, ihm zu erklären, was es mit der Eile auf sich hat, und ihn nicht mit so einem geschwisterhassfördernden »wegen Joni« abzuwimmeln, aber wieder fürchte ich, dass ich hier meine Kompetenzen überschreiten könnte, also halte ich die Klappe und ärgere mich über mich selbst. Weil ich immer dann, wenn Jana da ist, in solche Scheinwerfer-Reh-Situationen gerate, die meinem Selbstwertgefühl schaden und Kurt irgendwie auch. Er verdient es, dass ich was sage. Glaube ich. Ich werde später mal seinen Vater fragen.

Als ich beide Kurts ganz frisch kennengelernt hatte, war einer von beiden gerade dabei, den Absprung von der Windel zum Topf zu schaffen. Kurt wollte mir Kurt schon sehr früh in unserer Beziehung vorstellen; wenn es nach mir gegangen wäre, hätte ich vorher gern öfter als nur eine Handvoll Male mit ihm geschlafen, aber so saß ich damals nach nur ein paar Wochen in Janas Berliner Altbauküche und sah beeindruckt zu, wie der zweieinhalbjährige Kurt, nur im T-Shirt, an der Glastür zum Balkon stand, hinaussah, und beherzt auf den Schieferboden kackte.

Das war bemerkenswert, aber nicht schlimm. Das Kind musste den Unterschied zwischen Jetzt-sofort-Loslassen und Auf-dem-Topf-Loslassen erst lernen. Ich hatte das etwa ein Jahr vor seinem Alter draufgehabt, aber jeder wie er kann. Wirklich verwirrend war aber die Reaktion der anderen: Jana lächelte und ging stumm eine Küchenrolle holen, mit der sie den erstaunlich festen Kot ihres Sohnes, der weiter aus der Balkontür starrte, aufhob und entsorgte, der große Kurt hingegen sah von seinem Handy auf und lachte. Da augenscheinlich niemand vorhatte, das zu kommentieren, sagte ich lächelnd zu Kacke-Kurt: »Herzchen! Das wäre ein guter Moment gewesen, um aufs Töpfchen zu gehen. Einfach so auf den Küchenboden ist doch doof.« Ich weiß nicht, warum ich das sagte. Vielleicht wollte ich diese merkwürdige Stille unterbrechen, vielleicht wollte ich als Neue in der Klasse allen Beteiligten zeigen, dass ich irre gut mit Kindern kann, vermutlich war es aber einfach ein erzieherischer Instinkt: Objekt macht etwas falsch, Objekt wird freundlich darauf hingewiesen, wie es richtig oder zumindest besser gewesen wäre. Objekt lernt. Alle sind glücklich und küchenbodenkackefrei. An diesem Nachmittag war aber höchstens Pawlow glücklich, Jana sah mich konsterniert an und meinte: »Sei nicht sauer, Lena, aber lass uns das mal machen mit dem Töpfchen.« Ich weiß nicht, wen sie mit *uns* meinte, Kurt sah schon länger wieder auf sein Handy, und der kleine Kurt schien mit dem Töpfchen ja eben gar keine Beziehung zu haben.

»Sorry«, murmelte ich. »Ich dachte einfach, das wäre der perfekte Moment, um das Thema Töpfchen irgendwie – äh – einzuleiten. Wie merkt er denn, wann der richtige Moment ist?«

Um zu deeskalieren, stellte ich die Frage in einem unterwürfigen und wissbegierigen Ton. Jana tappte dankbar in die notdürftige Falle, strich sich ihre Kaschmirjogginghose glatt, während sie sich aus der ihren Sohn vor der gemeinen Tante beschützenden Hocke erhob, und sagte: »Er wird es von alleine merken!«

»Was genau? Dass Mama immer für ihn da ist, notfalls mit einer Küchenrolle? Da wird er aber spätestens beim Abiball irre dankbar für sein!«, lachte Kurt und zwinkerte Jana versöhnlich zu.

»Du weißt, was ich meine«, sagte Jana, machte einen Strichmund und rührte auf eine Art im Quinoa-Salat rum, die klarmachte, dass das kein Thema für uns drei war. Ich wurde damals das erste Mal von der Erziehung ausgeschlossen und erwähnte daher auch nicht, dass sie sich zwischen Küchenrolle und Quinoa nicht die Hände gewaschen hatte.

»Kurti, wir schaffen das im Leben nicht heute, los, lass uns reingehen, ich heb dir das Loch auf«, sage ich zu Kurt, der jetzt noch schneller gräbt.

»Mit deiner kleinen Mädchenschaufel dauert das doch ewig!«, sagt Jana bestätigend, und in meinem Kopf rolle ich die Augen, dass es knirscht.

»Das ist keine Mädchenschaufel!«, sagt Kurt und betrachtet sie verwundert, falls er irgendwas daran übersehen haben könnte.

»Aber es sind Blumen drauf!«, sagt Jana, die nun alles an vernünftiger Gendererziehung mit gepflegter Dümmlichkeit wieder einreißt. Jetzt muss ich was sagen, aber Kurt ist schneller. Und schlauer: »Ja, aber wir graben damit ja auch Blumen ein! Was soll denn da sonst drauf sein?«

»Da sind nur pinke und lila Blumen drauf«, sagt Jana wie ein bockiges Kind, und vielleicht muss ich ihr gleich mit meiner Erwachsenenschippe eins überziehen.

»Aber ganz viele Blumen *sind* doch pink und rosa und lila!«, erwidert Kurt, und man sieht ihm das fehlende Verständnis für seine Mutter, die sich mit Blumen ja offensichtlich überhaupt nicht auskennt, an. Gott schütze diesen kleinen Veilchenmann, der noch nicht begreift, dass Pflanzen hier gar nicht das eigentliche Thema sind.

»Ja, da hast du recht!«, sieht nun auch Jana ein und drängt aber weiter auf Eile. »Hast ja gehört: Lena hebt dir eine Pflanze auf, und dann könnt ihr die in einer Woche eingraben.«

»Aber bis dahin ist die doch verdurstet! Blumen brauchen Erde, weil da das Wasser drin ist!«, es mischt sich

ehrliche Verzweiflung in Kurts Ärger über die frühe Ab-
reise.

»Ich nehme die mit ins Haus und gieße sie, bis du wieder
da bist, o. k.? Guck, die ist ja in einem Topf mit Erde, da
verdurstet die nicht«, sage ich und hebe Kurt hoch, damit
er nicht, um Zeit zu schinden, weitergräbt.

»Okeeeee«, sagt er, nicht überzeugt und fragt mich leise:
»Kann die in meinem Zimmer sein?«

»Nee, die ist zu schwer, um die nach oben zu schleppen.
Außerdem macht die Dreck. Aber in Papas Zimmer kann
sie sein. Und Dreck machen.«

»Cool«, haucht Kurt und windet sich aus meinem Arm,
um seine Mutter endlich zu begrüßen.

»Ihr habt ja immer noch lauter Kisten rumstehen«, bemerkt Jana mit Blick auf ihr Handy.

Kurt lacht und sagt: »Fühl dich frei, ein paar auszu-
packen!«

»Witzig«, antwortet Jana, lacht aber gar nicht.

»Alles Wichtige ist ausgepackt«, gehe ich, wie ein konditionierter Hund, sofort in die Defensive. »Ist im Grunde
nur Arbeitskram und Zeug, für das wir noch keinen Platz
haben.«

»Und Handtücher!«, fällt mir der kleine Kurt fröhlich in
den Rücken. »Lena hat heute meinen Bademantel ange-
habt!«, kichert er hinterher.

Jana blickt vom Handy auf und macht einen Blick, von
dem sie vermutlich glaubt, dass er keine Wertung enthält.
Und wenn doch, dann echt nur eine ganz kleine.

»Die Handtücher müssen erst gewaschen werden, und die Waschmaschine war zwischendurch nicht richtig angeschlossen, beziehungsweise fehlte da irgendein Dings im ähm Dings, und jetzt funktioniert die aber wieder, und ich wasche heute.«

Kurt sieht über seinen Sohn und Jana hinweg zu mir und zieht eine Augenbraue hoch, so amüsiert ist er über mein Rudern.

»Wie gesagt, Jana: Du kannst gern helfen, aber da du ja eh gleich wieder losmusst, versichere ich dir, dass in unserem Lotterhaushalt niemand ernsthaft zu Schaden kommen wird.«

»Sehr witzig«, sagt Jana und legt jetzt sichtbar genervt die Hand auf Kurts Schulter, greift mit der anderen seinen Schulranzen und dreht sich zur Tür. »Bis in einer Woche dann! Ich bringe ihn vermutlich schon Sonntag früh, wenn das okay ist.« Jana wartet nicht ab, ob das tatsächlich okay ist, sondern drückt ihren Sohn so vorsichtig aus der Haustür heraus, als sei er ein Pickel, der zu sehr schmerzt, um beherzt zuzudrücken.

»Nein, das ist nicht okay, weil wir dann vielleicht noch ganz müde von all dem wunderbaren Sturmfrei-Sex sind!«, flüstert Kurt ihr hinterher und ruft laut: »Klaro!«

Wie richtige Hausbesitzer stehen wir noch so lange an der Haustür rum, bis die beiden das Gartentor hinter sich schließen.

»Lena, wehe du gräbst die Blume ohne mich ein!«, droht Kurt noch schnell, während Jana seinen Schulranzen und dann ihn sicher im Volvo verstaut. »Auf keinen Fall!«, rufe

ich, aber da ist Kurt schon im Auto und an seinen Kindersitz und die anstehende Mutterwoche getackert.

Als ich wieder ins Haus gehen will, legt Kurt den Arm um
meine Schulter, sagt: »Na, Baby? Habe ich dir zu viel versprochen? All das wird irgendwann dir gehören!«, und
macht mit dem freien Arm eine weitausladende Geste
über den Garten.

»Das gehört bereits zu Teilen mir«, erwidere ich und
blicke über den braunen Rasen. Es ist ein guter Garten. Für
ein Haus, das so günstig war, ist es ein guter kleiner Garten. Er wurde vor Jahrzehnten mal sehr geliebt, dann lange
sehr vernachlässigt, und jetzt ist er halbtot, aber man kann
sehen, was er sein könnte.

Ich wünschte, es würde endlich richtig Frühling werden, so dass man nicht mehr nur raten müsste, wie viel
Sichtschutz die nackten Büsche und Hecken tatsächlich
bieten und was noch fehlt. Nun, die gröbsten Lücken
werde ich an diesem Wochenende schließen. Und dann
heißt es warten. Darauf, dass Mutter Natur den verschlafe-
nen Hintern hochkriegt und auch mal ein bisschen ihren
Job macht.

»Komm, im Ernst: Ist schon alles ganz schön, oder?«,
fragt Kurt und küsst mir die Schläfe. Jetzt riecht er nach
Kaffee.

»Ja. Ist es«, sage ich und küsse zurück und meine es so. Es
ist tatsächlich alles ganz schön. Bis auf den alten Jägerzaun,
dessen Tor so stark durchhängt, dass wir es oft einfach
offen stehen lassen, damit es nicht so oft bewegt werden

muss. Wir brauchen das nicht vorhandene Geld für wichtigere Dinge.

»Jetzt Handtücher waschen und Kisten auspacken!«, sage ich, reibe mir wie jemand mit Ambitionen die Hände und will im Haus verschwinden.

»Nee, jetzt Sturmfrei-Sex!«, sagt Kurt und hebt mich von hinten hoch, als würde er den Heimlichgriff anwenden wollen.

»Aber danach Handtücher waschen und Kisten auspacken!«, sage ich atemlos, dieser Heimlichgriff scheint gar nicht so gesund, wenn man nichts verschluckt hat.

»Nein, danach nackig durchs Haus rennen und rumhängen und Wochenendkram machen!« Wir diskutieren noch ein bisschen, bis wir den Mund für wichtigere Dinge brauchen, und eventuell machen wir danach tatsächlich nur noch Wochenendkram.

Kurt sabbert etwas aufs Sofa, während der Abspann von *The Leftovers* läuft. Ich bin immer genervt, wenn Kurt einschläft, während wir zusammen Serien sehen. Ich fühle mich dann um ein gemeinsames Erlebnis betrogen.

»Quatsch. Ich fühle mich einfach nur so wohl mit dir, dass ich mich sicher genug fühle, um einzuschlafen. Ist doch voll romantisch!«, versucht er mir das Ganze zu verkaufen.

»Kurt, wir haben zusammen ein Haus gekauft …«

»Ersteigert!«, unterbricht er mich dann stolz.

»… ein Haus gekauft, es ist ja wohl das mindeste, dass du dich mit mir wohl fühlst! Wenn du aber immer, wenn wir mal eine Minute miteinander Ruhe haben, einpennst, ist das irgendwie frustrierend«, bestehe ich auf meinem Punkt. Meistens hat Kurt dann schon wieder die Augen zu.

Heute meckere ich nicht, ich habe selbst nur mit einem halben Auge zugesehen, wie der tolle Justin Theroux in der zweiten Staffel ganz langsam verrückt wird, denn ich google gleichzeitig Fliesen. Total umsonst eigentlich, denn wir haben gar kein Geld, um das olle Bad neu zu fliesen. Wir müssen erst neuen Boden kaufen und verlegen, und selbst das ist eigentlich nur ein ästhetisches Bedürfnis. Was wir wirklich brauchen, ist ein neues Dach. In der allergünstigsten Ausführung würde uns das um die 6000 Euro kosten. Es würde auch reichen, es einfach an den nötigsten Stellen ausbessern zu lassen, aber keine halben Sachen, finden unsere Väter, und da beide Männer zwei Drittel der Kosten übernehmen (»Jeder Mann ein Drittel!«, wurde ich einfach ausgegendert), haben wir keine andere Wahl und sind ja eigentlich auch dankbar. Nur sieht man dieses blöde Dach ja nie richtig, die blöden Fliesen hingegen jeden Tag. Wenn ich sie ganz, ganz billig schieße, sagen wir mal für nur fünf Euro den Quadratmeter, könnten wir es vielleicht doch machen, überrede ich mich, sehe den sabbernden Kurt an und schließe den Laptop, weil Kurt ganz viel können möchte und auch ganz viel kann, aber Fliesen legen kann er, glaube ich, nicht.

Ach, verdammte Scheiße!«, flucht Kurt leise im Badezimmer. Eigentlich möchte er laut fluchen, aber das hieße sich einzugestehen, dass er mich doch hätte die Handtücher waschen lassen sollen, statt wiederholt sturmfrei zu vögeln, also flucht er, so leise es eben geht. Dann ist es eine Weile ganz still, bis er in Kurts Bademantel vor dem Bett erscheint. Er sprengt das kleine Kleidungsstück fast: Die Ärmel reichen ihm nur bis zum Ellenbogen und spannen an den Oberarmen gefährlich. Sein Penis beginnt genau dort, wo der Bademantel aufhört, was mir aus verschiedenen Gründen heiße Ohren macht.

»Weiterhin kein Problem mit den Handtüchern, sagste?«, frage ich freundlich. »Weiterhin kein Problem!«, antwortet er freundlich, macht einen kurzen Pimmelpropeller, den ich sehr zu schätzen weiß, und verlässt dann langsam und würdevoll das Schlafzimmer. Ich verschwinde wieder unter der Decke, denn Kurt ist dran mit Frühstück, und ich habe Krämpfe.

»Kannst du eine Ibu mitbringen?«, rufe ich ihm

durch die schwere Decke hinterher. »Schädel?«, fragt Kurt.

»Regel«, reime ich.

Wie zwei Arschlochgroßstädter stehen wir auf den Gleisen vor der Brücke, von der niemand richtig weiß, ob man sie gefahrenlos überqueren kann oder nicht, und starren auf unsere Wander-App, um uns beratschlagen zu lassen. Dann wird Kurt ungeduldig, und er schiebt sich unter der metallenen Absperrung hindurch auf die Brücke: »Lena, komm jetzt! Das sind mehrere hundert Tonnen Stahl, und wir sind ein paar Dutzend Kilo Mensch, das hält!«

Ich seufze und schiebe mich hinter Kurt her, bleibe aber mit meinem Rucksack an der oberen Absperrung hängen und stecke für ein paar Sekunden fest. Dann ploppe ich aus der kurzen Gefangenschaft frei und sehe erst jetzt, dass auf der Brücke schon zwei Jungs sitzen und rauchen. Kurt hat sie schon vor mir gesehen und winkt mich zur Mitte der Brücke, auf der er bereits steht und glücklich Richtung Norden sieht. Ich laufe über zerbrochene Flaschen und leere Zigarettenschachteln, die zuhauf zwischen den Gleisen liegen, vorbei an den beiden, ich rieche es jetzt: kiffenden Jungs und freue mich über den ganzen Müll auf der Brücke. Der bedeutet nämlich, dass hier schon viele Kilo anderer Mensch für einen längeren Zeitraum rumgehangen haben, wir sind also so gut wie sicher.

»Es ist sehr *Stand by me,* oder?«, sage ich und mache ein Foto von den alten Gleisen. Kurt, der meine Leidenschaft für Mysteryfilme nicht in ihrer Gänze teilt, zuckt mit den

Schultern und sagt: »Es ist vor allem sehr schön. Sehr Brandenburg. Sehr zu Hause jetzt.«

Es ist ein merkwürdiges Gefühl, sich sein Zuhause so erarbeiten zu müssen. Ausflüge zu unternehmen, um die Umgebung auszuchecken. Es hat etwas Unorganisches, Bemühtes, was dem Gefühl von Heimeligkeit eigentlich widerspricht. Aber Kurt hat recht: Es ist toll. (Fast) allein auf einer stillgelegten Bahnbrücke zu stehen und den Oder-Havel-Kanal entlangzusehen, die kaltherzige Märzsonne im Rücken. In Richtung Norden sieht man nur Wald und glitzerndes Wasser und wieder Wald. Weil der Kanal dort eine ganz leichte Rechtsbiegung macht, kann man die eigentlich sehr nahe, hässliche, neue Fahrradbrücke nicht sehen und hat so ein wunderbares Kitschpostkartenpanorama. In die andere Richtung, nach Süden, ist der Blick nicht ganz so schön: Natürlich sind da immer noch Wald und glitzerndes Wasser, aber zur Linken liegt auch das riesige Gelände einer Betonfabrik, dahinter die Lehnitzschleuse und eben Oranienburg. Nach Norden hingegen ist es nur schön.

Wir stehen noch ein bisschen auf der Brücke rum, genießen den Norden und ignorieren den Süden und gehen dann auf der anderen Seite die bröckelnden Stufen wieder hinunter, um ein paar hundert Meter am Kanal langzulaufen und dann rechts in den Wald und zum Grabowsee abzubiegen.

Oranienburg war keine richtige Wahl. Wir wohnen auch nicht wirklich in, sondern eher vor Oranienburg, denn obwohl es das gute alte Brandenburg ist, gehört Oranienburg zum Berliner Speckgürtel, dessen Beliebtheit vor allem in den letzten Jahren enorm gestiegen ist, und da ziehen die Grundstückspreise eben mit. Da ist es ein bisschen weniger romantisch, als man es sich denkt, wenn man behauptet, man würde »raus nach Brandenburg« ziehen. Jana hat das schon vor zwei Jahren getan. Sie kann sich ein Grundstück in Oranienburg entspannt leisten. Eins, das eine Bordsteinkante hat. Wir haben uns bei der Zwangsauktion gegen Bordstein und für eine Sandstraße und den Charme der achtziger und neunziger Jahre entschieden. Mehr war einfach nicht drin.

Oranienburg war also keine Wahl, sondern eine notwendige Entscheidung. Für Kurt. Den kleinen. Der große hatte anderthalb Jahre lang versucht, aus Berlin heraus eine vernünftige Vater-Sohn-Beziehung weiterhin möglich zu machen, aber spätestens, als Kurt letzten Sommer hier eingeschult wurde, plötzlich also richtige Erwachsenenverpflichtungen hatte, war diese Fernbeziehung nicht mehr entspannt und ohne emotionale Verluste machbar. Also haben wir ein Haus gekauft. Es fühlte sich nicht gänzlich falsch an. Sinnvoll sogar: Wir wären eh zusammengezogen, ein gemeinsames Haus redeten wir uns schöner und auch erwachsener als eine ungleich kleinere und teurere Mietwohnung, und wir lieben doch die Natur im Allgemeinen und dieses schöne, raue Brandenburg im Speziellen, wir sind beide geborene Berliner, was soll schon schiefgehen, wir sprechen doch deren Sprache!

Und jetzt sind wir hier. Freunde und Familie und Jobs haben wir in der Stadt zurückgelassen, wo wir sie als feste

Freie regelmäßig besuchen. Also die Jobs. Freunde und Familie hingegen mussten in den letzten Wochen erst mal zu uns kommen.

Kurt, der Janas Werbeagentur nach der Trennung vor viereinhalb Jahren verlassen hat und nun für verschiedene Agenturen als Texter arbeitet, muss eigentlich nur für einzelne Termine nach Berlin. Ich könnte einen Großteil meiner Artikel auch von zu Hause aus schreiben, sitze aber lieber in der Redaktion, weil ich sonst dazu neige zu versumpfen. Also fahre ich drei-, manchmal viermal die Woche nach Berlin zum Arbeiten. Zumindest war das der Plan. Wenn ich nicht ein Haus renovieren müsste. Und Thuja pflanzen. Ich denke an die immer noch ungewaschenen Handtücher und frage Kurt, der sich im Gehen eine Zigarette dreht: »Findet Jana die ganzen Kisten wirklich problematisch oder will sie nur nerven?«

Kurt denkt nach, leckt das Blättchen an und spuckt einen Tabakkrümel aus, der ihm danach im Bart hängt. »Ich glaube beides.«

»Aber sie hat ja recht, wir wohnen jetzt seit vier Wochen hier draußen, und es stehen immer noch überall Kartons rum.«

»Sie stehen nicht überall rum, sondern fast alle sauber an der Wand im Flur. Und es sind auch nur noch zehn oder so. Kein großes Ding«, sagt Kurt, etwas genervt, aber ich freue mich über seinen Tonfall, denn er bedeutet, dass er in meinem, unserem Team spielt.

»Ja, trotzdem. Das ist doch kein vernünftiges Zuhause für ein Kind.«

Ein Satz, der von meiner Mutter stammen könnte. Stammt. Kurt sieht mich fragend an und wischt sich den Tabak aus dem Bart: »Was ist denn ein vernünftiges Zuhause für ein Kind? Kurt hat sein eigenes Zimmer, es war das erste, das wir im Haus fertiggemacht haben. Er hat einen Garten, ein funktionierendes Klo, fließendes Wasser und einen Vater, der ein ziemlich gutes Rührei macht. Mehr Zuhause geht doch gar nicht.«

»Wenn er Jana erzählt, dass wir regelmäßig Frühstück zum Abendbrot essen, hasst sie mich noch mehr.«

»Lena, entspann dich mal. Jana hasst dich nicht, und wir haben genau zweimal Frühstück zum Abendbrot gegessen, einmal als du irgendwo im Fernsehen Buttermilch-Pancakes gesehen und plötzlich Hunger drauf bekommen hast, und einmal, als Kurt unbedingt Cornflakes und Rührei haben wollte. Ist ja nicht so, dass der arme Junge jeden Abend mit einer abgelaufenen Flasche Ketchup ins Bett geschickt wird.«

Er hat recht. Kurt hat es gut bei uns. Dieses *uns* in Zusammenhang mit Kurt Junior geht mir einfach noch nicht so gut von der Hand. Oder besser gesagt: Ich weiß gar nicht richtig, wie es genau von der Hand gehen sollte. Also von meiner Hand. Ich bin ja mit zwei Kurts zusammengezogen. Einem ganzen Kurt und einem Halbtags-Kurt. Halbmonats-Kurt, um genau zu sein. Jana und Kurt haben sich entschieden, dass sie ihr Sorgerecht zu gleichen Teilen ausüben wollen, vor allem, wenn Kurt schon extra aufs Land zieht. Und so pendelt das Kind nun wochenweise zwischen seinen beiden Oranienburger Zuhauses hin und her und genießt es auf genau diese Art, auf die man es Scheidungskindern immer versucht schmackhaft zu machen: zwei Häuser, zwei Kinderzimmer, unterschiedliche Regeln und alle Menschen, die er liebt.

Und dann bin da noch ich.

Ich kenne Kurt sein halbes Leben lang. Sein zweidrittel Leben, um genau zu sein. Ich war da (also zeitlich, nicht tatsächlich und in dem Moment), als er das mit dem Topf und später der richtigen Toilette hinbekommen hat. Ich kenne ihn schon drei Veilchen, unzählige Schürfwunden, zwei verlorene Milchzähne und zwei selbstverpasste Haarschnitte lang. Aber eben eher aus der Entfernung. Wir haben Ausflüge gemacht, unzählige Wochenenden zusammen verbracht und waren sogar für einen Kurzurlaub zu dritt an der Ostsee. Aber gewohnt hat er immer bei Jana. Und jetzt wohnt er auch bei uns. Auch das war keine richtig freie Wahl. Sondern eine notwendige Entscheidung. Wieder für Kurt. Dieses Mal aber den großen. Ich kann meinen Kurt nicht ohne seinen Kurt haben, er gehört dazu. Schon immer. Ich glaube, ich will meinen auch nicht ohne seinen, aber richtig aussuchen konnte ich es mir nicht. Also habe ich jetzt ein Haus und zwei Kurts. Im Grunde wie Pippi Langstrumpf. Nur ohne die ganzen Goldmünzen.

»Hier?«, fragt Kurt und zeigt auf eine moosbewachsene Stelle, direkt am Kanal. »Ja, schön!«, sage ich und lasse mich fallen. Das Moos ist wärmer, als es sein Äußeres verspricht, aber genauso weich. Ich hole die Thermoskanne aus dem Rucksack. Wir mögen unseren Kaffee beide gerne gefiltert. Süß und mit Kaffeesahne. Wir sind der Albtraum eines jeden Baristas.

Kurt streckt die langen Beine aus und sieht zum gegenüberliegenden Ufer. Dort sind mehr Menschen als hier auf der Grabowseeseite. Sie spazieren, joggen, fahren Rad. Ein Paar fährt zusammen Rollerblades. Da drüben ist der Weg betoniert und breit. Er bietet Bänke in regelmäßigen Abständen, Mülleimer und den ganzen Sonntagsspaziergangsluxus. Wir hier auf der coolen Seite hingegen haben Moos und Sonne und einen schmalen Weg, der von Wurzeln durchzogen ist. Hier muss Joggen die Hölle sein. »Scheiße, heiß!«, zischt Kurt, der direkt aus der Flasche zu trinken versucht. Ich hole zwei Pappbecher und Stullen aus meinem Rucksack. »Du bist eine sehr fürsorgliche Frau. Du bewahrst mich vor schlimmen Verbrennungen und du fütterst mich. Irgendwann heirate ich dich weg!« Er nimmt die Leberwurstbrote aus der Alufolie und sieht sich nach einem Mülleimer um.

»Leider nein. Mülleimer gibt es nur für die reichen Leute auf der betonierten Seite!«, sage ich und zeige über den Kanal.

»Ach, reich sein …«, seufzt Kurt und macht einen kleinen Alu-Ball, den er zurück in meinen Rucksack steckt.

Heiraten. Es wäre nur konsequent, alles weiterhin in der falschen Reihenfolge zu machen: erst ein Kind, dann ein Haus, dann Heirat. Aber er scherzt nur. Wir wollen nicht heiraten. Wir glauben nicht an die Ehe. An das ganze Theoretische. Das Theologische. Wir wissen, dass uns kaum noch mehr aneinander binden kann als die Entscheidung für ein Haus außerhalb unserer eigentlichen Heimat, zugunsten eines kleinen Kurt.

Überleben. Überleben wäre gut. Nicht an dem ganzen Eifer und familiären Durcheinander und letztlich Brandenburg zugrunde gehen.

>*Willst du, Lena Horstmann, mit mir überleben?*<

>*Unbedingt! Willst du, Kurt Rieß, mit mir überleben?*<

>*Auf jeden Fall!*<

>*Ich erkläre Sie hiermit als gemeinsame Überlebenswillige, trotz Kredit und fehlender Bordsteinkante. Sie dürfen jetzt der Überlebenden das Bad neu fliesen!*<

Kurt hat sich zum Rauchen auf den Rücken gelegt und die Augen geschlossen. Die feine Asche der selbstgedrehten Zigarette fällt ihm auf den Seemannspullover, während er einen Song summt, den ich kenne, aber nicht zuordnen kann.

Ich liebe Kurt sehr. Daran gibt es keinen Zweifel. Kurt ist vieles, was ich mir wünsche und brauche, ein paar Dinge, die ich mir nicht wünsche, aber brauche, und nur ganz wenig von dem, was ich mir weder wünsche noch brauche. Kurt ist ein Anpacker, ein Mitreißer, ein Schulterer, ein Durchzieher. Kurt kann all den coolen Kopfkram wie Musik und Filme und Bücher, aber er kann eben auch den weltlichen Kram wie Dinge bauen und verlässlich sein und tanzen. Und Sex. Er weiß nicht, wie man raffiniert kocht, was ich unfassbar sexy finde, denn ich möchte nicht, dass mein Mann WMF-Fan ist und sich mit japanischen Messern auskennt. Kurt kocht mit Mehlschwitze und Fertigbrühe und Petersiliendeko. Kurt kennt sich natürlich auch mit all dem hippen und modernen Zeug aus. Er ist immerhin Werber. Aber er wählt einen anderen Weg. Einen, bei dem man Unterhosen auch mal zwei Tage lang trägt, den Bademantel seines Sohnes nicht nur zum Spaß anzieht, sondern ihn bis nach dem Frühstück anlässt, weil es ihn nicht stört, nackt zu sein oder albern. Und Kurt ist so albern! Albern sein bedeutet eine grundsätzliche Bereitschaft zur Uncoolness, eine seiner allerwertvollsten Eigenschaften. Er schert sich nicht darum, was andere von ihm denken. Was er liebt, zieht er durch. Und er ist so leicht anzuzünden! Wenn Kurt eine Idee hat, dann brennt er lichterloh. Wenn andere Ideen haben, brennt er mit ihnen mit. Heller sogar. Seit ihm Gauger verschwörerisch erzählt hat, dass er in seinem Keller Schnaps brennt, will er das auch. Nicht des Alkohols wegen, sondern weil er genau wissen will, wie das funktioniert, weil er tüfteln und basteln und schweißen will, bis er selber eine Apparatur erschaffen hat, durch deren schmierige Schläuche er irgendwann seinen eigenen Obstler laufen lassen kann. So ist Kurt, und ich habe jetzt nicht nur Krämpfe im Unterleib, sondern auch kleine, schöne im Herzen.

»Weiter?«, fragt Kurt und klopft sich den Hintern ab.

Er hat »Dog on Wheels« gesummt, fällt mir verzögert ein. Mein liebstes Lied von Belle & Sebastian.

Es ist so viel zu tun! Grundsätzlich ist das Haus bewohnbar: All unsere Möbel sind da; Schlafzimmer, Kinderzimmer und Wohnzimmer sind so weit fertig renoviert, das Bad ist ohne Geld vorerst nicht schöner zu kriegen, aber in der Küche und in Kurts Arbeitszimmer, das ursprünglich der Hauswirtschaftsraum neben der Küche gewesen ist, kleben noch fiese Tapeten und Holzpaneele. Wir sollten die kurtfreie Woche dazu nutzen, auch das endlich fertigzumachen, gleichzeitig muss ich aber einen Artikel über das Lindensterben in Berlin schreiben – ein Thema, das in mir zwar keine Leidenschaft weckt, aber die Alternative wäre ein weiterer Text über Gentrifizierung gewesen. Da ich selber gerade Oranienburg gentrifiziere, schienen mir die toten Linden attraktiver.

Ich sitze in Kurts zukünftigem Arbeitszimmer, telefoniere mit dem Pflanzenschutzamt Berlin und starre aus dem kleinen Fenster in den Garten. Ob ich wohl am Ende meines Interviews fragen kann, ob es noch zu kalt ist, um den Jasmin einzupflanzen? Kurt klopft leise an die Tür, kommt, ohne eine Einladung abzuwarten, herein und fängt an zu lachen. Wie ich es dem kleinen Kurt versprochen habe, wartet der Jasmin hier auf seine finale Destination, und so sitze ich eben neben, *unter*, der noch blattlosen Pflanze. Kurt verschwindet und kommt, immer noch kichernd, mit seinem Handy wieder, um Fotos von mir unter dem Jasmin zu machen. Ich biete lustige Gesichter an, vor allem verschiedene Varianten eines Duckfaces, während Frau Maas vom Pflanzenschutzamt am Telefon fragt, ob sie ihre Aussagen, nachdem ich sie in den Artikel eingebaut habe, noch einmal gegenlesen darf.

Nachdem ich aufgelegt habe, setzt sich Kurt auf seinen Schreibtisch, der fast den gesamten winzigen Raum einnimmt, und fragt: »Und? Woran sterben die Linden?«

»Schlechte Ernährung, Alkohol, Drogen, Pipapo«, sage ich und küsse die Farbflecke auf den Knien seiner alten Jeans. »Ich habe jetzt ein bisschen Zeit für Tapete, würde aber lieber Paneele machen«, biete ich an.

»Paneele sind nur im Haushaltsraum, lass uns vielleicht erst mal die Küche fertigmachen. Da ist eh nur noch über der Arbeitsfläche Tapete. Wenn du die machst, grundiere ich alles, und morgen können wir streichen, und dann sind wir da endlich durch«, erwidert Kurt und legt seinen Kopf auf meinem ab.

»Ich hasse Tapete«, murmle ich in Kurts Knie und küsse sie danach ausgiebig weiter.

Wir haben in diesem Haus wirklich alles an Tapete gesehen, was die letzten dreißig Jahre so in Mode war: hauchzarte, aber wie Sau festklebende Blumentapete, strukturiertes Vinyl, Raufaser; in dieser Reihenfolge über Jahre geschichtet, in umgekehrter Reihenfolge von uns mit Schweiß und Tränen abgetragen. Keine Übertreibung: Als ich mit dem Vinyl endlich fertig war – ein wahnsinnig undankbarer Job, da man den Plastikmist nicht richtig einweichen kann – und darunter immer noch kein Putz, sondern eine weitere Schicht Tapete zum Vorschein kam, fing ich vor Erschöpfung an zu weinen. Kurt hingegen weinte fast vor Erleichterung, als unter dem Vinyl Blumen anstatt des befürchteten Schimmels erschienen.

»Wie kann man so luftdichten Scheiß an die Wand eines Kinderzimmers kleistern! Das hätte richtig in die Hose gehen können!«

Nun sind alle drei Zimmer schlicht auf rohem Putz weiß getüncht, was die günstigste und arbeitsärmste Variante, aber auch die schönste war. In Kurts Zimmer haben wir eine Wand neu und glatt verputzt und mit Tafelfarbe gestrichen, damit er mit bunter Kreide darauf machen kann, was er will. Bisher hat er ausschließlich auf dem Bauch liegend die unteren zwanzig Zentimeter der Wand bemalt, aber in seiner Welt wird das schon Sinn ergeben.

Die kurzen Flure oben und unten haben noch weiße Raufaser an den Wänden, die aber okay genug aussieht, um sie nicht nur aus Prinzip abzureißen. In der Küche hingegen schien der Vorbesitzer wasserabweisende Melamin-Paneele, die wie Fliesen aussehen, zwischen Arbeitsfläche und Hängeschränken für eine gute Idee zu halten, und für einen Moment finde ich, dass so jemandem zu Recht das Haus weggenommen gehört.

Die gute Nachricht: Die Plastikschicht lässt sich wie

eine reife Avocado abschälen. In großen, steifen Stücken ziehe ich die falschen Fliesen ab und empfinde eine tiefe und, wie ich finde, verdiente Befriedigung dabei. Die schlechte Nachricht: Neben einer rotzefarbenen festen Kleberschicht befindet sich darunter auch: Schimmel. Fast bin ich erleichtert. Wenn man die ganze Zeit in Erwartung auf etwas Furchtbares verbringt, ist man beinahe beruhigt, wenn es dann tatsächlich eintritt. Die Angst ist immer schlimmer.

»Freund, du musst jetzt sehr stark sein: Hier ist Schimmel«, sage ich zu Kurt und bin fassungslos, als er kurz zu meiner Baustelle hinübersieht, mit den Schultern zuckt und sagt: »Dachte ich mir schon.«

»Ähm. O.k. Ist das nicht der Moment, wo du komplett irre wirrst und mit den Armen fuchtelst und so?«

»In Kurts Zimmer wäre das scheiße gewesen. Oder im Schlafzimmer. Aber hier war es fast zu erwarten. Alles immer feucht, keine Dunstabzugshaube und so.«

»Stimmt. Wen interessiert schon Schimmel in der Küche, wo wir unsere ganzen Austern und Trüffel lagern.«

Vorsichtig pule ich an der harten Kleberschicht herum, um zu testen, ob sie sich vielleicht auch dankbar abziehen lässt. Tut sie nicht.

»Setz dir einfach einen von diesen Papier-Mundschutzdingern auf, und dann kratz das mit der Drahtbürste alles ab. Damit gehen sowohl der Kleber als auch der Schimmel ab, und dann mach ich da so Anti-Schimmel-Zeug rauf, das man 48 Stunden einwirken lassen muss, und dann streichen wir drüber.«

So patent ist er, der Kurt! Er hat sogar Mundschutzdinger und Zeug, das einwirken muss.

Am Abend ist alles so weit fertig. Mein Linden-Artikel muss nur noch eingekürzt und an die Redaktion geschickt werden, die kachelfreien Wände der Küche sind ohne Tapete und dafür sorgfältig grundiert, die Schimmelwand über Arbeitsplatte und Herd ist entschimmelt und eingezeugt und wirkt nun in Ruhe ein.

Wir wirken auch in Ruhe ein, und zwar auf dem Sofa, trinken Gaugers Obstler, der nach keinem mir bekannten Obst schmeckt, sondern einfach nur wie Hölle in Mund, Hals, Magen und sogar Darm brennt, aber schön und schnell sediert. Kurt hat außerdem im Netto Eis gekauft; irgendeine günstige Eigenmarke, die vorgibt, Lemon-Cheesecake zu sein, leider aber wie Vanille-Zitronenduftbaum schmeckt, wir stochern also eher nur lustlos in der grellgelben Pampe rum und hören Charles Aznavour. Charles singt auf Deutsch und davon, wie es ihm mal beschissen ging. Deswegen heißt das Lied auch »Als es mir beschissen ging«. Nebenbei googeln wir hausrelevanten Kram und zeigen uns gegenseitig Bodenbeläge, die wir uns nicht leisten können.

»Gegossener Beton wäre auch geil!«, sage ich und zeige Kurt ein Bild davon. »Kann man in glänzend oder stumpf machen. Die Variante stumpf zieht aber kaputte Strümpfe und Schürfwunden nach sich.«

Kurt sieht auf meinen Laptop und bekommt glänzende Augen: »Uff. Ja. Ziemlich toll! Könnte man vielleicht selbst machen! Wie schwer kann es schon sein? Man gießt Beton aus und zieht ihn glatt.«

»Ich glaube, man muss den dann noch wochenlang wässern, damit er keine Risse bekommt«, gebe ich zu bedenken und schließe schnell den Tab, damit Kurt kein Feuer fängt. Ich muss an den Jasmin denken, den ich Kurt versprochen habe. Ich bin nicht sicher, ob ihm der Haushaltsraum bekommt. Er braucht vermutlich Sonne, auch wenn dieser Tage nicht so viel davon im Angebot ist.

»Denkst du, Kurt wäre sehr traurig, wenn ich den Jasmin doch schon ohne ihn einpflanze? Ich habe Angst, dass er eingeht. Der war so teuer.«

»Keine Ahnung. Frag ihn doch.«

»Ist es nicht zu spät, um jetzt noch anzurufen?«, hoffe ich.

Mit Sechsjährigen zu telefonieren, mit Kindern jeden Alters eigentlich, finde ich immer etwas anstrengend. Kinder verstehen dieses Prinzip des miteinander Redens, ohne sich dabei zu sehen, nicht so richtig. Sie machen dann nebenbei oft Sachen, die man am anderen Ende der Leitung eben nicht sehen kann und die den Gesprächsfluss, sofern überhaupt einer zustande kommt, stocken lassen.

»Nee, der ist noch wach. Mach doch FaceTime! Dann freut er sich!«, schlägt Kurt vor.

Ich wähle, ohne FaceTime, Janas Nummer.

»Lena!«, antwortet sie. Eher eine Feststellung als eine Begrüßung.

»Jana!«, erwidere ich, etwas verwirrt. »Ist Kurt noch wach? Ich will ihn nur kurz was fragen.«

Es rumpelt und raschelt, vielleicht hat Jana auch Obstler auf dem Sofa getrunken, und jetzt muss sie sich erst mal hochhieven, um Kurt zu holen, denn Jana schreit nicht einfach laut durch das Haus, wie wir es tun.

»Warte kurz, ich hole ihn mal«, sagt sie, nimmt das Telefon aber mit und gibt es wenig später bei Kurt ab. »Lena ist dran«, höre ich sie und dann Kurt, der wissen will, ob er danach das Handy behalten darf, um drauf zu spielen. »Nein, danach geht's ins Bett, du hattest heute schon iPad-Zeit!«, sagt Jana, und ich ärgere mich, dass ich direkt nach diesen schlechten Nachrichten übergeben werde.

»Kurti?«, frage ich ins Telefon, in dem plötzlich niemand mehr etwas sagt und nur ein leichtes Schnaufen zu hören ist.

»Kurt?«

»Ja«, sagt Kurt und schnauft weiter.

»Was machste grade?«

»Spielen.« Kurt könnte nicht desinteressierter an einem Telefonat sein.

»Wollen wir FaceTime machen?«, schlage ich vor, und damit kriege ich ihn:

»Ja! Kann ich auch Papa sehen? Und mein Zimmer?« Er ist nun voll bei der Sache, und wir schalten auf FaceTime um. Kurts Veilchen ist inzwischen nur noch gelbgrün und viel blasser als vor ein paar Tagen noch.

»Wow, bist du gewachsen seit Samstag?«, frage ich ihn.

»Ja! Du auch?«, fragt er zurück und schneidet seinem winzigen FaceTime-Spiegelbild Grimassen.

»Voll! Ich glaube sogar, dass mir vielleicht noch ein dritter Arm wächst. Ich fände das zumindest nicht schlecht«, sage ich ernst.

»Ja! Man könnte entweder drei Sachen gleichzeitig essen oder nur zwei, aber eines davon mit Besteck!« Dieser kleine Mann ist so viel schlauer, als ich immer denke.

»Sag mal, was ich eigentlich fragen wollte: Kann ich den Jasmin vielleicht doch schon morgen ohne dich einpflanzen? Ich hab ein bisschen Angst, dass der in Papas Zimmer nicht genug Sonne bekommt.«

»O. k.«

Ah. Das war einfach.

»Und du bist nicht sauer?«

»Nö. Kann ich jetzt mein Zimmer sehen?«

»Klar, warte, ich nehme dich mit!«

»Hallo Sohn!«, winkt Kurt noch schnell ins Bild, und dann bin ich schon auf dem Weg nach oben. Ich drehe mich und das Handy einmal komplett im Raum, um einen schönen 360°-Rundblick zu ermöglichen, und Kurt ist zufrieden: »Ja. Alles noch da. Cool. Jetzt muss ich auflegen, ich darf noch auf Mamas Handy spielen.«

»Äh. O. k.! Küsse! Und Grüße von Papa! Willste mit dem nicht noch mal sprechen?«

Kurt hat aufgelegt.

Küsse? Herrjeh. Sagt man das? Will man das? Als Kind? Und auch verwirrend: diese Lüge, die er mir da aufgetischt hat. Dass er mit Janas Handy spielen darf. Hätte ich da eingreifen müssen? Andererseits imponiert mir die Kaltschnäuzigkeit, die Kurt da an den Tag legt. Er scheint gut vorbereitet fürs Leben.

Wir haben jetzt in fast jedem Zimmer des Hauses miteinander geschlafen. Ich nehme an, dass wir damit einem staubigen Frische-Hauseigentümer-Klischee folgen, aber wir tun eben, was getan werden muss. Jetzt muss es nur noch auf dem Gästeklo getan werden. Obwohl ich es, wie alle hygienisch fraglichen Orte des Hauses, direkt am Tag unseres Umzuges manisch geputzt habe, scheuen wir uns beide etwas davor.

»Ja, komm, lass durchziehen. Bringt ja nichts!«, sagt Kurt zwischen meine träge ausgebreiteten Beine, was sich schön anfühlt, weil sein Atem ganz heiß ist und seine Lippen, nun, meine berühren.

Er macht aber keine Anstalten aufzustehen. Noch liegen wir auf dem Sofa, aber der kleine Raum ist ganz nahe und sogar warm, weil er durch seine Größe so leicht zu beheizen ist. »Noch fünf Minuten bitte«, bitte ich ihn recht kurzatmig, denn jetzt ist wirklich kein guter Moment, um die Location zu wechseln. Kurt stimmt murmelnd zu und bringt zu Ende, was er da eben so schön angefangen hat. Ich komme ganz verhuscht und irgendwie stotterig, und während sich meine Beckenbodenmuskeln immer wieder schnell zusammenziehen und entspannen, robbt sich Kurt mit rotem Gesicht zu mir hoch. Er küsst mich nass und warm auf den Mund, und dann liegen wir einfach nur rum und spüren dem Zucken meines Unterkörpers ein bisschen nach.

»Du schmeckst so gut!«, flüstert Kurt fast ehrfürchtig.

Ich werde rot und sage: »Das sollte ich mir auf ein T-Shirt drucken lassen.«

Kurt meckert jetzt: »Alte Ziege!«

»Entschuldigung. Also gut: Wonach schmecke ich?«

»Keine Ahnung. Gut! Nach Mensch und Salz und ein bisschen süß, aber nur ganz leicht.«

Die Frau meiner Schwester hat mal zu ihr gesagt, dass sie nach Curry und Honig schmecke. Ich fand das ein bisschen affig, aber Laura hat es gefallen, also habe ich den Mund gehalten.

»Und ich liebeliebeliebe deinen Hintern! Es kann sehr gut sein, dass das der beste Hintern der Welt ist.«

»Ach, das alte Ding!«, sage ich und wälze mich unter Kurt hervor, um auf die Toilette zu gehen. Ich wackle auf dem Weg, so gut es geht, mit dem alten Ding, wofür ich enthusiastische Pfiffe vom Fanclubleiter ernte.

Als ich zurückkomme, schläft Kurt. Er liegt ganz ausgestreckt auf dem Rücken, sein immer noch ganz leicht erigierter Schwanz steht schief zur Seite geneigt und verabschiedet sich langsam. Also stehe ich nackt vor dem Sofa, betrachte meinen Mann und seinen Penis und werde von Liebe fast erschlagen.

Gut. Das ist gut. Denke ich und setze mich auf den Boden vor die Couch, um das inzwischen flüssige Neon-Eis auszulöffeln. Auf dem Gästeklo vögeln wir dann eben morgen.

Kurt wurde statt Sonntag ausnahmsweise schon Freitagabend von Jana geliefert, weil sie eine Veranstaltung oder einen Superpitch oder was auch immer hat. Uns gefällt das aber gut, denn es scheint irgendwie unfair, direkt zum Start einer neuen Schulwoche das Zuhause wechseln zu müssen, anstatt erst mal ein bisschen Quality-Time im neuen Heim zu verbringen, um dann emotional gut genährt und stabil dem so buckeligen Alltag entgegenzutreten.

Für Kurt ist das Haus mit all seinen Veränderungen immer noch aufregend und neu. Jedes Mal, wenn er von Jana kommt, dreht er erst mal diverse Touren, um zu sehen, was jetzt wo und wie und warum anders ist. Er braucht uns dafür nicht. Er rennt komplizierte Kleine-Jungs-Runden um das Haus, durch das Haus, hoch, runter, rechts, links, Türen auf, Türen zu, gleiche Türen wieder auf und wieder zu. »Die Wand ist weiß!«, ruft er dann aus irgendeiner Ecke, als hätte er ein kompliziertes Rätsel gelöst. »Die Blume ist jetzt drin!«, schreit er stolz aus dem Garten. »Lauter große Handtücher«, raunt es aus dem Bad.

Während Kurt Jana verabschiedet und versucht, mit ihr auszuhandeln, dass die Kurt-Wochen der jeweils anderen Elternpartei vielleicht immer schon Freitagabend statt Sonntagabend beginnen sollten, sitze ich auf dem Küchentisch und warte auf weitere Entdeckungen von Kurt Kolumbus. Den neuen Wassersparduschkopf wird er vermutlich nicht entdecken, aber ich habe das Foto von dem Jasmin und mir ausgedruckt und an seine Tafelwand geklebt. Damit die Pflanze doch irgendwie in seinem Zimmer ist. Zurzeit ist Kurt aber im Gästeklo, was mir rote Ohren macht, denn inzwischen wurde wirklich jeder Raum des Hauses defloriert. Es fühlt sich falsch an, daran zu denken, was sein Vater und ich, nicht ohne Platzprobleme, da vorgestern schwitzend gemacht haben, während Kurt guckt, ob es da auch etwas Neues gibt.

»Kurti, im Klo ist nix neu, komm mal raus!«, sage ich daher nervös. »Willste nicht noch mal in deinem Zimmer kucken?«, frage ich.

»Nö. Da war ich doch schon«, sagt Kurt und schlendert betont gelangweilt aus der Gästetoilette. Ich bin ein bisschen enttäuscht.

»Kurt, alter Wanderbruder, zieh mal ne dickere Jacke an, wir machen gleich los!«, sagt Kurt und küsst seinem Sohn den Scheitel. Ich bin froh, dass er nicht der Typ Mann ist, der seine Liebe durch scherzhafte Schwitzkästen und kumpeliges Haareverstrubbeln zeigt. Kurt gibt Liebe pur: Küsse, Umarmungen, Worte. Und noch ist der kleine Kurt sich nicht zu fein dafür, diese Liebe auch so zu nehmen, wie sie kommt.

»Kann ich rudern?«, fragt er, während er an der Garderobe hochhopst, um an seine Jacke zu kommen.

»Klar. Du kannst Lena oder Laura rumchauffieren.«

»Nee! Ich will mit dir rudern, Papa! Ein Boot für Jungs und eines für Mädchen!« Willkommen in der richtigen Welt, denke ich und sage: »Chauvi.«

»Was ist das? Schowi?«, fragt Kurt, aber nur rhetorisch, denn er rennt schon zum Auto. Kurt grinst und sagt: »Ein Boot für Jungs und eines für Mädchen! So will es der Chef!«

Wir treffen Laura am Hotel, weil das für sie aus Berlin kürzer ist, als über Oranienburg zu fahren. Als wir mit meinem Peugeot an der fancy Einfahrt des Seepark Kurhotels am Wandlitzsee ankommen, steht Laura schon neben ihrem Auto und sieht auf ihr Handy.

»Da isse!«, ruft Kurt und zerrt ungeduldig an seinem Gurt. Sobald ich geparkt habe, springt er aus dem Auto, läuft zu Laura und ruft aus dem Brustton der Überzeugung: »Jungs gegen Mädchen!«

»Chauvi!«, sagt auch Laura und hält ihre Hand hoch, damit Kurt einschlagen kann.

Danach umarmt sie mich und den großen Kurt und fragt: »Warum ausgerechnet hier?«

Das Seepark Kurhotel haben Kurt und ich vor ein paar Jahren auf einem unserer Ausflüge nach Brandenburg entdeckt. Die Einfahrt ist prätentiös und herrschaftlich: Ein gepflasterter Weg führt im Kreis um ein leicht erhabenes Beet herum auf das von Wein oder Efeu (den Unterschied werde ich lernen müssen) bewachsene Gebäude zu. Würde man es sich dann doch noch spontan anders überlegen, müsste man nicht wenden, sondern könnte diesem Kreisverkehr einfach folgen und so unauffällig das Gelände wieder verlassen. *Ich wollte nur mal kurz kucken.* Aber wir wollen ja bleiben, also parken wir an der Seite des Pflasterweges. Auch die Lobby macht, für Brandenburger Verhältnisse, etwas her, aber das eigentlich Grandiose am Seepark Kurhotel ist der Garten. Sobald man die Lobby durchquert, führt eine elektrische Glastür auf eine Terrasse, und dahinter erstreckt sich vollkommen unerwartet ein ganzer fucking Park. Als Kurt und ich das erste Mal auf dieser Terrasse standen, waren wir für einen Moment sprachlos und starrten wie zwei Idioten einfach nur auf das sich vor uns erstreckende Gelände: Eine riesige (7500 qm hat Kurt später mit Hilfe von Google Maps geschätzt) Grünfläche mit Wegen und Bänken und Mülleimern und Beeten und Bäumen ergoss sich vor uns. Und als wäre das nicht schon genug, mündet der Garten in: einen Strand! Ein kleiner, hauseigener Badestrand zum Wandlitzsee. Mit Bootsanlegestelle!

Kurt und ich haben damals einfach nur hier gegessen und am Wasser geraucht und sind dann wieder nach Hause gefahren. Ein paar Wochen später haben wir im Seepark Kurhotel übernachtet. Das hat leider vieles wieder kaputt gemacht, denn von innen, also von ganz innen, an der vollkommen okayen Rezeption und diversen Konferenzräumen vorbei, ist das Seepark kein Kurhotel, sondern ein fieses, altes FDGB-Heim, das sich gar nicht bemüht, seinen DDR-Charme loszuwerden. Für die tiefen Decken kann der arme Sechziger-Jahre-Bau nichts, aber die muffige, graue Auslegeware, die Neunziger-Jahre-Möbel und der beschissene Service, das könnte man schon ändern. Aber Kurt und ich haben aus unserem Fehler gelernt und kommen jetzt nur noch hin und wieder für Kaffee und Kuchen her, deren Verzehr uns zu offiziellen Gästen und somit auch zu Nutznießern des Strandes macht. Finden wir.

Jetzt stehen wir mit Kurt Junior auf der Terrasse und eigentlich auch mit meiner Schwester, wenn die nicht schon wieder irgendwo ein Klo suchen würde. Kurt ist hibbelig und will nicht auf Laura warten, er springt an seinem Vater hoch und sagt: »Können wir an den See rennen?«

Kurt grinst, lädt mich mit einer Kopfbewegung ein und ruft: »Klar! Lass uns alle rennen!«

Ich schüttle den Kopf und sage: »Nee, macht ihr mal allein«, worauf der kleine Kurt »Schowi!« brüllt und losrennt. Kurt lacht lauter als nötig, ruft dem Raketenkind entschuldigend hinterher: »Lenas Brüste wackeln zu sehr!«, und rennt seinem Sohn dann Richtung See nach.

»Danke dafür!«, rufe ich und werde schon wieder rot. Es ist ein bisschen albern, aber er hat recht: Ich laufe nicht gern. Zumindest nicht ohne Sport-BH oder einen triftigen Grund, wie zum Beispiel akute Lebensgefahr. Wenn nicht vernünftig fixiert, schmerzen meine Brüste zumindest beim Laufen sehr. Und da hier niemand in ernsthafter Gefahr ist, muss ich ihnen das auch nicht antun. Laura kommt hinter mir aus der Elektrotür, sieht über das Gelände und sagt: »Irre! Das ist schon ziemlich geil.«

»Tun dir auch die Brüste weh, wenn du rennst?«, frage ich, und Laura sagt: »Keine Ahnung. Ich renne nicht.«

Natürlich rennt Laura nicht. Laura ist mit Herz und Seele und Brüsten Großstädterin. In Großstädten rennt man nur zur Stärkung des Herz-Kreislaufsystems in Parks oder auf Laufbändern oder abfahrenden Bussen hinterher. All das macht Laura nicht, Laura macht Pilates und ist vor zehn Jahren das letzte Mal mit den öffentlichen Verkehrsmitteln gefahren. Sie wohnt in einem taubenblauen Townhouse an der Rummelsburger Bucht, was eigentlich zu Berlin-Lichtenberg gehört, sie sagt aber immer, sie wohne in Friedrichshain, weil das besser klingt und immerhin nur halb gelogen, weil auch ganz nah ist. Sie lebt ein Leben, über das Kurt und ich uns immer lustig machen, wenn es anderen gehört. Bei Laura versuchen wir aus Liebe darüber hinwegzusehen, dass sie versehentlich ein etwas prätentiöser Snob geworden ist. Lauras Frau ist eigentlich nicht ihre Frau, weil auch die beiden keine Lust haben zu heiraten, man darf aber nicht »Freundin« sagen, weil das nach bester Freundin klingt, und das ist zu wenig und auch nicht eindeutig genug. Also ist Anne (Änn, denn sie ist gebürtige Schottin) Lauras Frau.

Laura hat sehr strenge Regeln. Und hohe Ansprüche. Laura kauft nicht bei H&M wegen der unmenschlichen Herstellung, hat ein zweiwöchentliches Abo für eine Kiste Biogemüse wegen der menschlichen Herstellung, und sie fährt ein Elektroauto, vor dem ich etwas Angst habe, weil es so leise ist, dass ich es nie kommen höre. Laura ist außerdem laktoseintolerant, was ich ihr jahrelang nicht geglaubt habe, aber dann war ich mal live dabei, wie sie von einer Bionade schlimmen Durchfall bekam, weil da Spuren von Molke drin sind. Laura hat es auch nicht leicht. Aber unter dem ganzen grün Kaufen, ökologisch Essen und nachhaltig Schwitzen ist auch sie nur ein Mensch, und wenn sie betrunken genug ist, kaufen wir online Klamotten bei H&M, für die wir zu alt oder ein bisschen zu dick sind, und sie sieht mir missgünstig zu, wenn ich 500 ml Ben & Jerrys ganz alleine und ohne größere Probleme in unter dreißig Minuten esse. Tief drinnen ist Laura auch nur ich. In wohlhabender und eben laktoseintolerant.

Kurt und Kurt drehen sich mit ihrem Boot im Kreis. Das liegt vor allem daran, dass der kleine das Ruder hat und immer nur auf einer Seite im See rumstochert. Laura und ich hingegen legen die Füße hoch. Wenn es ein bisschen wärmer wäre, könnten wir hier ewig sitzen: Das Boot schaukelt nur leicht, die Sonne scheint und der See ist leer. Bis auf den Kurt-Kreisel in fünfzig Metern Entfernung. Es brauchte ein bisschen Überredungskraft, gleich zwei Ruderboote außerhalb der Saison zu mieten. Aber Kurt ist der Servicepersonalflüsterer, und nun schippern eben ein Jungsboot und ein Mädchenboot auf dem Wandlitzsee.

»Wie ist denn alles? Ist das Haus so weit fertig? Fühlst du dich schon zu Hause?« Laura fragt oft mehrere Fragen in einem Schwung. Ich glaube, sie will so den Informationsfluss bündeln und sichergehen, dass sie einfach eine Weile zuhören kann, ohne Zwischenfragen stellen zu müssen.

»Gut ist es. Ungewohnt. Aber gut.«

Ich sehe zu den Kurts rüber, die sich inzwischen aus dem Teufelskreisel befreit haben und sehr langsam von uns wegrudern. Ich höre Kurt begeistert kreischen und seinen Vater mit seiner schönen tiefen Stimme irgendwas antworten.

»Du bist jetzt eine Familie!«, feixt Laura. »Vater, Mutter, Kind.«

»Joah.«

»Na, nicht?«

»Keine Ahnung. Bisher war er erst drei Wochen bei uns. Eigentlich nur zwei richtige. Vorher mussten wir ja erst mal das Haus halbwegs bewohnbar machen.«

»Aber fühlt es sich an wie Familie?«

Ich überlege.

»Du bist nicht so gesprächig heute, Reizthema?«, fragt Laura.

»Jetzt lass mich doch mal nachdenken. Ich weiß es einfach noch nicht. Es ist immerhin eine ganze Menge! Der Umzug aus Berlin raus, ein Haus kaufen, mit Kurt zusammenziehen, der kleine Kurt. Das muss erst mal alles bei mir ankommen. Aber bisher fühlt es sich gut an. Ich hoffe, ich versau nichts.«

»Ich wette, du versaust es«, kichert Laura.

»Eigentlich kann ich es gar nicht versauen, weil ich eher Zuschauerin bin. Vater, Zuschauerin, Kind.«

»Und ist das gut, oder wärst du gern mehr?«

»Ich weiß es gar nicht so richtig. Kurt ist schon ein ziemlich guter Vater. Irre verantwortungsvoll. Er kümmert sich, zumindest was unseren Haushalt angeht, um alles: Er räumt Kurts Kram auf, er zwingt ihn zum Zähneputzen, er liest abends was vor, das ganze Pipapo. Das ist schon irgendwie toll. Und macht es mir leicht, in dieses ganze Familiending langsam reinzukommen. Aber gleichzeitig nimmt er mir, dadurch, dass er mir so viel abnimmt, auch ganz viel weg. Verstehst du? Ich kann gar nicht richtig den Umgang mit Kurt als Stiefmutter oder was immer ich bin, lernen, weil mir immer alles aus der Hand genommen wird.«

»Aber so hast du doch das Beste aus allen Welten: musst dich nicht wirklich kümmern, kannst aber Spaß mit ihm haben. Mit beiden Kurts!«

»Ja.« Ich bin nicht überzeugt.

»Liebst du ihn?«, fragt Laura.

»Kurt?«, frage ich und spezifiziere noch mal: »Also den kleinen?«

»Klar den kleinen. Beim großen gehe ich doch stark davon aus, sonst hättest du eine echt doofe Entscheidung mit dem Hauskauf getroffen.« Laura grinst.

»Ich weiß nicht. Ich denke schon?«

»Du musst ihn nicht lieben, weißt du?«, sagt Laura und zieht ihre Hand durch das noch kühle Seewasser.

»Sollte ich nicht aber?«

»Du kannst irgendwann. Wenn du Lust hast und so weit bist. Aber es wird nicht von dir erwartet.«

Ich frage mich, woher Laura weiß, was so erwartet wird und was nicht. Gibt es da feste Regeln, die mir nur noch niemand in einer versiegelten Pergamentpapierrolle überreicht hat?

»Hm. Zurzeit ist er eher wie ein wirklich süßer Hund. Ein schlauer süßer Hund. Ich hab ihn sehr lieb. Wie einen, ich weiß nicht, Freund?«

»Ich mag, wie all deine Antworten Fragen sind«, grinst Laura. »Du musst all das nicht wissen. Ich wollte nur nachfragen, wenn du aber keine Antwort hast, ist das vollkommen okay!«

Ihre andere, nicht im See hängende Hand streicht mir versöhnlich über das Knie. Ich reibe mir das Gesicht und sehe dann zwischen den Fingern hindurch rüber zum Jungsboot voller Kurts. Sie sind ganz still inzwischen und starren auf irgendetwas im Wasser. Der kleine Kurt ist dabei so weit über den Rand gebeugt, dass ich kurz fürchte, er könnte über Bord gehen. Nun, zumindest mache ich mir Sorgen. Das ist sicher ein Schritt in eine Richtung. Ich muss nur noch rausfinden, welche die richtige ist.

»Wie läuft's mit Anne?«, frage ich.

»Spitze. Die ist gerade in Birmingham auf einer Convention.«

Anne ist immer irgendwo auf einer Convention. Anne ist Innenarchitektin, sie hat eine Zweitwohnung und einen relevanten Teil ihrer Klienten in London und wohnt daher etwa ein Drittel bis die Hälfte des Monats dort.

»Nervt es dich nicht, dass sie nie da ist?«

Laura und Anne sind jetzt seit zwei Jahren zusammen, eins davon wohnen sie gemeinsam an der Rummelsburger Bucht. Und trotzdem sehen sie sich kaum, weil Anne teure Möbel und Vorhänge und Buddha-Statuen an Menschen mit Geld verkauft, und Laura hat ja schon zwölfzig Buddhas zu Hause.

»Sie ist ja nicht *nie* da. Es ist genau richtig. Wirklich. Anfangs dachte ich, das wird schwer, und natürlich hofft ein Teil von mir, dass sie irgendwann mal hier sesshaft wird, aber im Grunde habe ich echt alles: eine schöne Frau, ein gemeinsames Zuhause mit ihr und trotzdem meine Ruhe. Und regelmäßig Sehnsucht. Das ist auf eine etwas kranke Art auch schön. Etwas zu vermissen, was man eigentlich schon hat.«

»Verstehe«, sage ich und sehe wieder zum Jungsboot rüber.

Laura folgt meinem Blick: »Wie machst du das, wenn du einen von beiden rufst? Woher wissen die, welcher Kurt gemeint ist?«

Ich versuche, ältere Kurt-Rufsituationen zu rekapitulieren. Mir fällt keine ein.

»Ich weiß nicht, ich schätze, meistens macht der Inhalt klar, wer gemeint ist.«

Laura sieht mich fragend an.

»Na ja, wenn ich ›Kurt, Hände waschen!‹ sage, wissen alle Kurts, dass ich vermutlich den kleinen meine. Und wenn der große sich aus Versehen auch die Hände wäscht: win-win. Das Gleiche gilt für ›Kurt, Jacke anziehen!‹ und ›Kurt, räum mal deinen Kram weg!‹. Dann gibt es noch ein, zwei Varianten, die definitiv für beide Kurts gelten, wie ›Kurt, Computer aus!‹ und ›Kurt, Essen ist fertig!‹.«

Ich halte kurz inne.

»Okay, eigentlich hilft der Inhalt doch nicht richtig. Aber es reagiert fast immer der Richtige«, stelle ich fest.

»Stimmt. Und wenn du ›Kurt, vögeln!‹ rufst, ist auch klar, wer gemeint ist.«

Manchmal nervt mich Laura.

»Was sind das für Kugeln?«, fragt Kurt und drückt das Gesicht an der Autoscheibe platt, damit er die Kugeln besser sehen kann.

»Was meinst du?«, fragt sein Vater und drückt sein Gesicht auch an der Scheibe platt, um der Blickrichtung seines Sohnes zu folgen.

»In den Bäumen. Da sind so Kugeln drin.«

Ich fahre, kann daher mein Gesicht nicht plattdrücken, sehe aber dennoch in die Kronen der uns entgegenkommenden Bäume und sage: »Das, was aussieht wie kleine Büsche, die im Baum wachsen?«

»Ja das!«, sagt Kurt und scheint dankbar, dass ich weiß, was er meint. Aber er hat es nicht falsch beschrieben, es sieht tatsächlich aus wie Kugeln im Baum. Als hätte jemand diese Plastik-Buchsbaumbälle aus dem Baumarkt in die Bäume geworfen.

»Misteln«, sage ich. »Das sind auch Pflanzen. Die setzen sich da irgendwie rein, wohnen dann da und essen dem Baum die Nährstoffe weg. Schmarotzer heißt das dann. Bisschen wie du«, sage ich und grinse vorsichtshalber in den Rückspiegel, man weiß ja nie so recht mit Kindern und Humor.

»Cool!«, haucht der kleine Kurt aber nur und fährt sein

Spielzeugauto an der Scheibe hoch und runter, während der große sagt: »Was Lena alles weiß! Die ist schon ein richtiges Landei.«

»Landei!«, äfft Kurt begeistert nach, sein Vater greift derweil beschwichtigend nach meiner Hand, die zwischen dem vierten und fünften Gang gerade nichts zu tun hat. »Kurti, weißte, wofür Misteln aber gut sind?«, fragt er nach hinten. »Zum Küssen!«

»Hä? Warum?«, fragt Kurt, aber nur so halb interessiert, er verrenkt weiter den Kopf an der Scheibe, um keine der Schmarotzer-Misteln zu verpassen.

»In manchen Ländern muss man sich küssen, wenn man unter einem Mistelzweig steht. Isso. Und hier sind ja überall welche, deswegen muss Lena jetzt geküsst werden.«

»Ich kann gerade nicht geküsst werden, ich muss Auto fahren.«

»Du kannst sehr wohl geküsst werden, du musst ja gar nichts tun, ich mache die ganze Arbeit!«

Kurt schnallt sich ab und beugt sich umständlich auf die Fahrerseite, um mich ein wenig ungelenk auf die Wange zu küssen.

»Küssen!«, ruft Kurt von hinten, seine kleinen Arme fuchteln in der Luft rum.

»Ja küssen!«, bestätigt Kurt von vorne und küsst erneut.

»Küssenküssen!«

»Küssenküssen!«

»Noch mehr Mispeln!«, kreischt Kurt aus der Mistelüberwachungszentrale vom Rücksitz. »Noch mehr küssen!«

Und so werde ich geküsst, bis wir die Allee verlassen.

Kurt ächzt und stöhnt und meckert leise vor sich hin, während er an dem Sack zieht. Ich habe ihm gesagt, dass die zwanzig Kilo Lavasplitt zu schwer sind für ihn, dass er den Sack einfach öffnen soll und den Splitt eimerchenweise transportieren soll, aber Kurt will den ganzen Sack ziehen, also keucht er jetzt wie eine kleine Dampflok, während ihm das feuchte Plastik des Sackes immer wieder aus den Händen rutscht. Mit dem Zehn-Meter-Weg vom Schuppen zu mir und den Pflanzen am Zaun ist er jetzt schon seit fünf Minuten beschäftigt. Eigentlich muss er gleich ins Bett, wollte aber wenigstens irgendwas für seinen Jasmin machen, wenn er ihn schon nicht eingraben konnte. Also bedecken wir den Boden der Pflanze mit Lavasplitt. Das macht man so, habe ich gelesen. Weil es Feuchtigkeit und Wärme in die Erde leitet und dort speichert; es gab noch andere überzeugende Gründe, die ich aber schon wieder vergessen habe. Kurt will sich nicht helfen lassen, aber auch nicht, dass ich schon mal anfange, also sitze ich im Schneidersitz auf dem kühlen Boden, warte auf ihn und zupfe braune Äste aus der Thuja. Das soll man auch so machen. Ich habe jetzt schon sehr viel angelesenes Wissen über Gartenpflege, obwohl noch alles schläft. Ich kann nicht erwarten, dass die Rosen endlich blühen, nur deswegen, weil ich weiß, wie man sie nach der ersten Blüte richtig schneidet, so dass sie eventuell noch mal blühen.

»Kurt, Bett!«, ruft Kurt aus dem Haus. Er arbeitet am Computer an irgendeiner Präsentation für seine aktuelle Firma und hat augenscheinlich die Zeit vergessen. Ich habe sie nicht vergessen, aber ich bin ja nicht zuständig.

»Ich muss noch Splitt machen!«, schreit Kurt geschäftig zurück.

Mit wirrem Haar erscheint sein Vater auf der Terrasse und sieht ganz verpennt aus. Wenn Kurt arbeitet, knetet er sich immer am ganzen Kopf rum: Er reibt sich das Gesicht, kratzt den Bart, rubbelt sich durchs Haar. Vermutlich massiert er sich so diverse unnötige Falten ins Gesicht, aber wenn es das braucht, um kreativ zu sein, dann sei es so.

»Was musst du machen?«, fragt er und raucht an der Haustür.

»Splihitt!«, erwidert Kurt ungeduldig und zerrt jetzt heftiger an dem Sack, weil er fürchtet, vor Vollendung ins Bett zu müssen.

»Soll ich den Sack tragen?«

»Na-hain! Muss. Das. Alleine. Machen.«

Amüsiert blickt Kurt zu mir, ich zucke mit den Schultern: *Was willste machen?*

»Sieht gut aus, die Ecke! Wenn erst mal alles grün ist, dürfte das auch halbwegs blickdicht sein, oder?« Kurt begutachtet die ehemals kahle Stelle, dann wird auch er ungeduldig und sagt: »Kurti, los jetzt! Entweder bringe ich den Sack da hin, und du schüttest den Kram, oder du schleppst ihn da hin und schüttest morgen.«

»Morgen bin ich bei Mama!«

»Stimmt. Na, dann ist das ja entschieden«, sagt Kurt, hebt den Sack hoch und legt die fehlenden drei Meter in wenigen schnellen Schritten zurück. Sein Sohn scheint einen Moment lang enttäuscht von der eigenen unzureichenden Körperkraft, ist dann aber Feuer und Flamme, weil jetzt verschüttet wird. Ich reiße den Sack auf und kleine, dunkelbraune Lavasplittkugeln kullern heraus. Kurt nimmt sie einzeln, um sie eifrig auf den Boden direkt unter dem Jasmin zu legen, ich schütte den ganzen Sack aus und begrabe seine Hände.

»Ey!«

»Selber ey! Einzeln macht doch gar keinen Sinn! Einfach mit beiden Händen unter die Pflanze schaufeln und dann da ordentlich verteilen!«, gebe ich genaue Anweisungen. Kurt nickt ernst und fängt wieder an zu schnaufen, als er, den kleinen Hintern wie ein Hund, der sich streckt, in die Höhe geschoben, unter dem Jasmin verschwindet, um ihn ordentlich mit Lava einzudecken. Ich stehe auf, wische mir die Hände an der Hose ab und umarme den großen Kurt.

»Ich bin froh dass wir jetzt unseren eigenen Gartensklaven haben«, sage ich.

»Ja! Noch ein oder zwei Jahre und er kann uns einen Pool ausheben.«

Als Kurt jeden Krümel Lavasplitt unter dem Jasmin und der Thuja verteilt hat, krabbelt er unter den Pflanzen hervor und ist total eingemistet: Der Splitt ist feucht und braun, und Kurt ist jetzt auch feucht und braun, daher wird auf dem Weg ins Bett noch ein Umweg über die Dusche gemacht.

»Lass das! Er kann uns hören!«

»Er kann uns nicht hören! Er schläft!«

»Er liegt nur etwa fünf Meter entfernt von uns. Er wird aufwachen!«

»Fünf Meter und zwei tragende Wände!«

»Kurt! Ich kann so nicht!«

»Selbst wenn er uns hört: ist doch egal!«

»Ich will nicht, dass dein Sohn durch Sex mit mir aufgeklärt wird!«

»Glaub mir, das würde ich nie zulassen, das wäre illegal!«

Kurt lacht und kneift mich in den Po.

»Ja! Warum nicht einen blöden Pädo-Witz, um mich richtig geil zu machen?«, sage ich und stoße ihn weg.

»Ach, entspann dich, Lena! Kurt ist die Hälfte des Monats hier, da können wir doch nicht nur dann Sex haben, wenn er bei Jana ist!«, sagt Kurt und lacht nicht mehr. Er ist genervt und rumpelt auf seiner Seite des Bettes rum, vermutlich sucht er seinen Tabak. Ich setze mich auf und ziehe mir die Bettdecke über die nackten Brüste. »Mann, ich weiß doch auch nicht. Wir sollten wenigstens leiser sein.«

»Ich will nicht leiser sein. Ich will nicht, dass *du* leiser bist.« Kurt hat den Tabak gefunden und dreht sich eine Zigarette.

»Besser als gar kein Sex«, sage ich.

»Stimmt. Aber nicht besser als Sex mit normalen guten Geräuschen«, sagt Kurt und lächelt wieder. Ich kann es nicht sehen, aber hören.

»Trotzdem. Das ist alles plötzlich so anders. Dauernd muss man sich an irgendetwas gewöhnen.« Ich klinge wie ein bockiges Kind, finde mich doof und entschuldige mich: »Sorry. Du weißt, was ich meine. Es ist super. Alles.

Das Haus. Du und ich in dem Haus und Kurt in dem Haus. Aber es ist auch ganz schön viel. Im Sinne von neu. Kannst du das gar nicht nachvollziehen?«

Kurt zündet die Zigarette an, und ein paar Fetzen glühenden Tabaks fallen auf seine Brust. Er klopft sie hektisch aus und denkt nach.

»Klar kann ich das nachvollziehen«, sagt er dann. »Aber auf der anderen Seite ist es gar nicht so neu. Du hast ja in Berlin auch bei mir geschlafen, wenn Kurt da war.«

»Aber da hatte ich irgendwie keine Verantwortung. Da war ich nur Gast und nicht Gastgeber und Stiefmutter.«

»Du warst nicht nur Gast, sondern meine Freundin, und du bist jetzt auch keine Stiefmutter. Sondern immer noch meine Freundin. Und Mitbewohnerin«, lacht er leise. »Und du musst keine Verantwortung übernehmen, wenn du nicht willst.«

»Ja, aber ich fände es gar nicht schlimm, seine Stiefmutter, oder so was in der Art, zu sein. Ich wünschte es gäbe ein besseres Wort dafür. Du weißt schon. Ich bin nicht mehr nur Besuch in deiner Wohnung. Wir wohnen jetzt alle drei zusammen. Zumindest die Hälfte der Zeit. Ich sollte mehr sein als nur deine Freundin und Mitbewohnerin, oder nicht?«

»Was denn zum Beispiel?«

»Na ja, eben irgendwas für Kurt.«

»Große Schwester?«, schlägt Kurt vor und kneift mich schon wieder kumpelig.

»Kannst du mich mal für eine Sekunde ernst nehmen?

Ich finde es schwierig, eine passende Position in diesem Konstrukt zu finden. Ich bin nicht Kurts Mutter, schon klar. Das unterstreicht Jana auch in jedem Augenblick, den sie hier ist. Kein Problem, will ich auch gar nicht sein. Aber ich bin eben auch nicht nur die lustige Freundin von Papa. Herrgott, ich wasche Kurts Schlüpfer! Ich mache ihm Stullen und habe blutige Spucke an der Backe, wenn er einen Zahn verliert. Was sind meine Rechte und Pflichten?«, frage ich theatralisch in den dunklen Raum hinein.

»Keine Ahnung. Alles und nichts!«, sagt Kurt, und für einen ganz kurzen Moment überlege ich, ob all das ein Fehler war. Ob es zu viel auf einmal ist. Das Haus, das Kind, *das Konstrukt.*

»Du bist eine enorme Hilfe«, sage ich und rutsche an der Wand hinunter und von Kurt weg.

»Mann, Lena! Ich weiß doch auch nicht!«

»Ich finde, du solltest das aber wissen. Oder zumindest bereit sein, das mit mir zusammen herauszufinden.«

»Warum machst du nicht so viel oder wenig, wie sich für dich richtig anfühlt? Keine Verpflichtungen. Kurt hat zwei ganz offizielle Erziehungsberechtigte, du kannst also im Grunde nicht zu wenig machen, weil das Jugendamt immer auf mich und Jana zurückkäme.« Er versucht mich aufzuheitern, aber er macht es schlimmer.

»Ja, aber vielleicht habe ich Bock auf Verpflichtungen. Oder anders: Kann ich zu viel machen? Wo ist da die Grenze? Darf ich ihn darüber aufklären, warum Lena und Papa so komische Geräusche machen, wenn eigentlich Schlafenszeit ist, oder ist das Elternsache? Darf ich ihm sagen, dass es mich nervt, wenn er immer dazwischenredet, wenn du und ich uns unterhalten, auch wenn du damit kein Problem hast? Ist es o. k. für mich, darauf zu bestehen, dass er mal wieder badet und dass er keine toten Vögel mit ins Haus bringen darf, auch wenn es sicher interessant wäre zu sehen, ob, O-Ton, ›Maden aus den Augen kommen‹? All das weiß ich nicht, und ich habe das Gefühl, dass mir diese Entscheidung auch dauernd abgenommen wird. Entweder von dir oder Jana.«

Kurt denkt nach.

»Kannst du das nicht einfach nach Gefühl machen?«

»Das ist es ja: Ich habe gar kein richtiges Gefühl dafür. Ich bin dauernd unsicher. Ich hasse es, wie ich immer einknicke, wenn Jana Kurt abholt. Neulich hat sie ihm weismachen wollen, dass die geblümte Gartenschaufel eine Mädchenschaufel wäre. Wie dämlich das ist! Und wie gemein auch! Ich hätte ihr so gern gesagt, dass sie das Genderverständnis eines Trump-Wählers hat, dass Kurt von mir aus Glitzer-Ugg-Boots tragen könnte, wenn sie ihn glücklich machen. Dass wir manchmal zusammen Katy-Perry-Songs singen, und seine Stimme besser klingt als Katys! Stattdessen halte ich die Klappe und weiß nicht, was erlaubt ist.«

Jetzt lacht Kurt laut und verstreut dabei wieder Glut im Bett. Er versucht sie abwechselnd zu löschen und mich zu küssen. Dann drückt er die Zigarette aus und legt sich mit seinem ganzen Gewicht auf mich.

»Ich liebe dich sehr, Freundin und Mitbewohnerin und schöne Stiefmutter! Und bitte sag Jana all das gerne, wenn

du sie das nächste Mal siehst. Es ist alles erlaubt. Ausdrück-
lich und von mir!«

Und dann finden wir einen vorläufigen Sexkompro-
miss, der daraus besteht, dass er sehr schön, aber ein bisschen leiser als sonst ist.

II

KURT

U nd dann fällt Kurt vom Klettergerüst.

Es geschieht ganz leise und unspektakulär: In der großen Pause rutscht er ab oder hält sich nicht vernünftig fest oder erschrickt; niemand hat es richtig gesehen in diesem Pulk von aufgedrehten Erstklässlern, die sich über diese Pause vom Erwachsenwerden freuen, die durch die Gegend rennen, weil die in ihnen gärende Energie raus muss, die ihre Stullen tauschen oder heimlich wegwerfen, die sich alte Schürfwunden bei neuen, aufregenden Gelegenheiten wieder aufreißen, dabei erschrocken weinen oder ihre Blessuren stolz miteinander vergleichen. Mittendrin in diesem hysterischen Haufen Vormittagssonnenglück lässt Kurt das Klettergerüst einfach los und plumpst auf den Boden, der eigentlich weich genug ist, um seinen Fall abzuschwächen, aber Kurt fällt so ungünstig, dass sein kleines Genick bricht. Er macht kein Geräusch, vielleicht ein kleines »uff«, so stelle ich es mir immer vor, aber das sage ich niemandem, weil es keiner hören will, weil es nur eine Phantasie ist und weil dieses kleine imaginäre »uff« schon nur in Gedanken ein so schlimmer Laut ist, dass es vielleicht gar nicht körperlich möglich ist, ihn auszusprechen.

Kurt fällt so still vom Klettergerüst, dass es eine Weile braucht, bis er bemerkt wird. Später sagt der Sanitäter, dass Kurt vermutlich sofort tot gewesen sei. Ein Arzt wird das im Nachhinein bestätigen. Auch sonst ist niemand schuld: Kurt wurde nicht geschubst. Die Pausenaufsicht hat ihre Aufsichtspflicht nicht verletzt. Der Sandboden unter dem Gerüst war so weich, wie es vom TÜV gefordert wird. Die Höhe des Gerüstes genormt.

Alles war richtig.

Nur eben nicht, dass Kurt einfach irgendwie losgelassen hat.

Man sollte meinen, dass es beruhigt, wenn keiner Schuld hat. Es bedeutet, dass man es nicht hätte verhindern können. Dass auch man selbst frei von Schuld ist. Auf der anderen Seite macht das den Tod aber noch sinnloser, unerklärlicher, als er eh schon ist. Niemanden anschreien zu können, niemanden verklagen, verprügeln, *bestrafen* zu dürfen, keinen Grund oder Sinn erkennen zu können, macht noch so viel hilfloser.

Ich habe mal irgendwo gelesen, dass Brandwunden eine Art Schmerz an den Körper aussenden, gegen die es kaum adäquate Schmerzmittel gibt. Weshalb Menschen mit starken Verbrennungen oft in ein künstliches Koma versetzt werden, um nicht vor Schmerzen wahnsinnig zu werden und um besser zu heilen. Heilkoma heißt das deswegen auch. So etwas sollte es auch für Hinterbliebene geben. Wenigstens für ein paar Monate. Allerdings würden in so einem Koma die Wunden, im Gegensatz zu Verbrennungen, ja gar nicht heilen. Man würde also einfach zwei Monate später aufwachen und alles wäre wieder, oder immer noch, in gleichem Maße unerträglich.

Kein Koma also für Kurt. Oder Jana. Oder mich.

Die verschiedenen Bundesländer haben unterschiedliche Fristen, die es im Todesfall einzuhalten gilt. Das Brandenburgische Bestattungsgesetz sieht in Paragraph 20 vor, dass der Verstorbene innerhalb von zehn Tagen nach seinem Ableben bestattet wird.

Es heißt darin außerdem:

»Für die Bestattung haben die volljährigen Angehörigen in folgender Reihenfolge zu sorgen:

1. *die durch Ehe oder eingetragene Lebenspartnerschaft verbundene Person,*
2. *die Kinder,*
3. *die Eltern,*
4. *die Geschwister,*
5. *die Enkelkinder,*
6. *die Großeltern und*
7. *der Partner einer auf Dauer angelegten nichtehelichen Lebensgemeinschaft.*

Kommt für die Bestattungspflicht ein Paar (Nummer 3)
oder eine Mehrheit von Personen (Nummern 2 und 4 bis 6)
in Betracht, so geht jeweils die ältere Person der jüngeren
hinsichtlich der Bestattungspflicht vor.«

Jana und Kurt sind Nummer 3, ich und Kurt sind nichts. Also wir sind in der Theorie eine Nummer 7, aber die Nummer 7 bezieht sich in diesem konkreten Fall auf den kleinen Kurt, und der hatte keine auf Dauer angelegte nichteheliche Lebensgemeinschaft. Auch keine Enkelkinder. Nichts von dem, was Menschen, die in einem angemessenen Alter sterben, so haben. Nicht mal Erwachsenenzähne.

Jana ist älter als Kurt und daher in der Theorie bestattungspflichtiger als Kurt, wobei das wiederum nur relevant wäre, wären sie nur *eine Mehrheit von Personen (Nummern 2 und 4 bis 6)*, und selbstverständlich haben sich beide um Kurts Beisetzung gekümmert. Ich weiß von all den Gesetzen nur, weil Kurt eine Kopie, die ihm der Bestatter mitgegeben hat, auf dem Küchentisch liegen gelassen hat. Später hat Kurt sie in den Weidenkorb mit Altpapier geworfen, der dort steht, wo wir uns einen Kamin wünschen, wenn mal etwas Geld über ist. Ich habe das Blatt wieder herausgeholt und lese es manchmal heimlich auf der Gästetoilette, wo ich es hinter der Waschmaschine versteckt habe. Laut Paragraph 23 darf man keine Feuerbestattung durchführen, ohne dass vorher eine zweite Leichenschau durchgeführt wurde. Dabei geht es darum sicherzustellen, dass auch wirklich ein natürlicher Tod

vorliegt und, nehme ich an, nicht die Beweise einer Straftat vernichtet werden können. Das ist in Kurts Fall egal, da
er nicht Opfer einer Straftat, sondern eines Klettergerüs-
tes wurde. Eine zweite Leichenschau wurde bei Kurt aber
dennoch durchgeführt, damit er eine Urnenbestattung
haben konnte.

Eine Bestattung *haben* klingt wie etwas, das man selbst
veranstaltet, sich vielleicht sogar gewünscht hat. Wie eine
Geburtstagsfeier. Eine Bar-Mizwa. Einen Junggesellen-
abschied. Als ob man mitreden könnte. Als ob man noch
leben würde. So gesehen hat Kurt eine Bestattung zwar
bekommen, sich aber nicht gewünscht.

Laut § 21 des BbgBestG ist *die ortsübliche Bestattungsart
zu wählen. Nicht zulässig sind in diesem Fall das Verstreuen
der Asche und die Urnenbeisetzung auf Hoher See.*

Auch nicht relevant für Kurt, der weder verstreut noch
auf hoher See bestattet wurde. Oranienburg hat, wenn
man all seine Gemeinden mitrechnet, zwölf Friedhöfe.
Davon zehn städtische, einen katholischen, einen jüdi-
schen. Kurt liegt auf keinem von ihnen. Kurt liegt an einem
Baum im Friedwald Mühlenbecker Land. Ein 14 Hektar
großes Areal, direkt am Summter See, behindertenge-
rechte Toiletten am Parkplatz. Er liegt da an einer Buche.
Es ist ein ›Einzel- oder Partnerbaum‹. *Je nach Stärke, Art
und Lage des Baumes ergeben sich für den Partnerbaum
unterschiedliche Preise. Die Preise liegen zwischen 2700 und
6350 Euro. Darin inbegriffen sind zwei Plätze. Bis zu acht
weitere Plätze können Sie sofort oder im Nachhinein für der-
zeit 500 Euro pro Platz erwerben.* Noch so ein Merkblatt.

Ich weiß jetzt sehr viel über Bestattungen und Friedhöfe. Ich nehme an, dass sowohl Kurt als auch Jana irgendwann von ihrem dazubuchbaren 500-Euro-Platz an der Buche Gebrauch machen werden. Wo werde ich dann sein? Rechnet man auch mit mir, da an der Buche? Will ich überhaupt an die Buche? Ich habe so viele Fragen. Aber jetzt ist nicht die Zeit, sie zu stellen. Sowieso sehe ich Kurt kaum, ich werde nur indirekt über die ganzen Merkblätter, die er von Jana mit nach Hause bringt, informiert.

Der Frühling kommt erst, nachdem Kurt gegangen ist. Ich weiß nicht, ob ich das rücksichtsvoll oder unangemessen finden soll. Der Garten explodiert scheinbar über Nacht in grellen Farben: Die Forsythien schreien ihr Gelb durch das erwachende Oberhavelland, der Ginster legt sein eigenes grelles Gelb dazu und der Magnolienbaum ploppt seine fetten Knospen auf und entlässt saftige weiße Blüten, die den noch blattlosen Baum wie ein überambitioniert gekleidetes Magermodel wirken lassen. Die Rhododendren sind noch nicht so weit, aber an den Spitzen einiger ihrer Knospen kann man schon sehen, welche Farben ihre Blüten haben werden. Der Rasen, der in den letzten Wochen eher zaghaft durch sein braunes Winterfell gestoßen ist, wächst plötzlich grün und schnell und saftig, und erst jetzt sieht man, zu welcher bisher geheimen Schönheit dieser triste Garten überhaupt fähig ist. Alles, was vor wenigen Wochen noch knorrig und blattlos und trocken war, wird auf einmal dicht und satt und vor allem: lebendig! Wenn sich irgendwo eine Tür schließt, öffnet sich eine andere. Sagt man. In unserem Fall ein unfairer Deal.

Dennoch spendet all das Leben Trost. Schleicht sich in unser kaltes Haus und versucht uns zu kitzeln, zu streicheln, an uns zu ziehen. Die letzten drei Wochen scheinen irgendwie gar nicht stattgefunden zu haben. Ich erinnere mich zumindest an nichts und gleichzeitig an alles.

Kurts bleiches Gesicht, der Schock, der ihn hat versteinern lassen. Die kühle Mechanik, mit der überlebt wird. Essen, trinken, schlafen. Alles in einer vollkommen unorganischen, statischen Abfolge konditionierter Bewegungen. Überraschenderweise hinterlässt einen der Tod erst mal gar nicht nur traurig, sondern vor allem fassungslos. Er wirft eine dicke, undurchlässige Decke aus lähmendem Entsetzen über Hinterbliebene und versucht, sie darunter zu ersticken. Und es ist leicht, darunter zu ersticken, weil man vollkommen versteinert und vom Schock entkräftet keine Energie hat, um die Decke zu lüften oder gar wegzustoßen. Man liegt einfach darunter, merkt, wie die Luft immer dünner wird, und beginnt, das eigene Dahinschwinden als angenehm zu empfinden. Als angebracht sogar.

Ich kann Kurts Decke nicht heben. Ich habe es versucht. Wir liegen nicht unter derselben. Unter meiner tastet meine Hand immer wieder zu seiner Decke rüber, eine Öffnung suchend. Aber Kurts Decke ist schwerer als meine. Und sie ist vollkommen dicht. Auf allen Seiten.

Kurt kommt hinter mir aus dem Haus, küsst mich flüchtig auf den Kopf.

»Wie schön es hier plötzlich aussieht«, sage ich leise. »So anders als wie wir es zum ersten Mal gesehen haben, oder?«

Ich bereue die Worte umgehend. Darf man Menschen, die trauern, auf etwas Schönes außerhalb dieser eiterigen Blase hinweisen oder wertet man damit ihr Leid ab?

»Ich fahre rüber zu Jana. Ich melde mich später«, beantwortet er sowohl die ausgesprochene als auch die unausgesprochene Frage und geht zu seinem Auto.

Ich blicke ihm hinterher. Er sieht aus wie jemand, der zur Arbeit geht. An einen Ort, wo die Erwachsenen sind, während das Kind zu Hause bleiben muss, weil es von Erwachsenendingen nichts versteht. Ich gehe zurück ins Haus.

Als Jana anruft, schlafe ich bereits. Nicht richtig tief, das tue ich schon seit einer Weile nicht mehr, aber tief genug, um aus einem wirren Traum aufzuwachen. Ich habe einen Bären aus blauer Knete geformt, es aber einfach nicht vernünftig hinbekommen. Immer wenn es fast richtig war, zerfiel die Knete wie feuchter Sand.

Als ich nach dem Telefon greife, erhellt das Handy den ganzen Raum mit Janas Gesicht. Und mit Kurt. Ich brauche eine Weile, um zu begreifen, dass das nicht Teil des Knete-Traums ist, sondern dass Kurt real ist. Zumindest auf dem Foto, das ich Janas Kontakt in meinem Handy zugewiesen habe. Kurt, der grinsend und mit schorfigem Knie auf Janas Rücken hängt. Sie sieht darauf weniger mürrisch aus, als sie es im wahren Leben ist. Aber wie kann man denn schon mürrisch sein, wenn man einen schorfigen Kurti auf dem Rücken hängen hat? Das Erwachen trifft mich zeitversetzt wie ein Tritt in den Magen, und mir bleibt kurz die Luft weg. Ich sehe zu Kurts Seite des Bettes hinüber, aber die ist leer. Ich wundere mich nicht. Kurt schläft dieser Tage selten in unserem Bett.

»Ja?«, keuche ich ins Telefon, ich brauchte etwas Zeit, um Fassung und Atem wiederzufinden, und kurz fürchte ich, dass ich zu spät bin und Janas Anruf bereits an die Mailbox weitergeleitet wurde.

»Kannst du Kurt abholen kommen?«, fragt Jana.

Ich bin erst verwirrt, sage aber automatisch »Klar« und höre, wie Jana wieder auflegt. Dann brennen Tränen hinter meinen Augen. Die beschissenen *zwei* Kurts. Was für eine unnötig eitle Idee das war, denke ich und wische mir wütend die Augen.

Die Anzeige im Cockpit meines Autos informiert mich darüber, dass es sechs Grad Celsius hat, und Viertel vor drei Uhr morgens ist. Die Fahrt zu Jana nach Lehnitz dauert nur wenige Minuten, die Straßen sind leer, Oranienburg schläft. Vor Janas Haus parke ich und bleibe noch eine Weile im Auto sitzen. Ich öffne das Fenster und hänge den Kopf raus, um die inzwischen verhältnismäßig milde Nachtluft einzuatmen. Meine Wange berührt das kühle Metall der Fahrertür, es riecht nach Wald und ein wenig nach Moder. Jana wohnt direkt am See. Ihr Haus ist nicht zu vergleichen mit unserem. Der Fakt, dass ihres vier Außenwände hat, ist vermutlich die einzige Gemeinsamkeit der beiden Häuser. Wobei noch nicht mal das stimmt, fällt mir ein, Jana hat einen Wintergarten zum Wasser raus. Kommen also noch mal drei Extrawände hinzu. Zwei, wenn man die Glasfront nicht mitzählt. Ich möchte gern noch länger in meinem kleinen Auto sitzen und moderige Luft einatmen. Oder Wände zählen. Oder schlafen. Ich will nicht in Janas einschüchterndes Riesenhaus, das minimalistisch eingerichtet, dafür aber voller beißender Traurigkeit ist. Wir haben schon genug davon in unserem eigenen Haus, mehr, als es dort Wohnraum gibt, ich weiß nicht, ob ich noch mehr davon ertragen kann. Aber ich muss einen Kurt abholen. Meinen Kurt. Den einzigen Kurt.

Ich bleibe noch eine weitere Minute, bis mein Herz wieder ruhiger schlägt und die doch gar nicht so milde Nachtluft mir Gänsehaut macht.

Die Kamera über der Klingel macht mich jedes Mal nervös, wenn ich an dieser Tür stehe. Muss man beim Klingeln direkt reinsehen, um sich eindeutig zu identifizieren? Kann der Besitzer hören, was man sagt? Spürt sie, wie es einem geht?

Als Jana öffnet, sieht sie müde aus. Nein, nicht müde, eher sehr, sehr erschöpft. Wie jemand, der schon lange verloren hat, aber einfach nicht aufhört zu kämpfen. Würde der kleine Kurt jetzt auf ihrem Rücken hängen, würde sie zusammenbrechen, denke ich und wische dieses Bild schnell wieder weg. Ich muss dringend das Kontaktfoto ändern.

Jana winkt mich mit einer schwachen Geste ins Haus, zeigt hinter sich, und da sehe ich ihn schon: Kurt. Zusammengefaltet wie ein Taschenmesser, die Knie ans Kinn gezogen, liegt er auf dem Sofa, ganz klein und verletzlich, und schläft. Hier wird der große Kurt zum kleinen Kurt. Neid zieht meinen Magen zusammen, wieder brennen Tränen wie eine verrutschte Kontaktlinse in meinen Augen. Ich atme tief ein und dränge sie wie einen Feind zurück. Nicht jetzt und vor allem nicht hier.

Auf dem Beistelltisch der obszön großen Couch stehen drei Gläser, eines davon noch halbvoll, und drei Flaschen Wein. Wie voll die noch sind, kann ich aufgrund des schummerigen Lichtes nicht sehen. Es ist leicht, zu kombinieren, wie der Abend hier gelaufen ist: ein Glas Wein beim Essen mit Bea, Janas Mutter, die gerade hier wohnt, um sich um ihre Tochter und das verbleibende Enkelkind Joni zu kümmern. Danach ein Glas am Kamin, aber Bea schafft nur noch ein halbes und geht ins Bett und dann nur noch ein schnelles gemeinsames Absacker-Glas, das zu diversen wird, weil sie plötzlich wieder zu dritt auf dem Sofa sitzen. Nur statt Bea ist da plötzlich Kurt. Also bleiben seine Eltern noch eine Weile.

Ich setze mich neben Kurt und streichle ihm zaghaft über die Wange: »Kurt. Süßer, wach auf. Lass uns nach Hause fahren, ja?«, flüstere ich ihm ins Ohr. Diese Zärtlichkeit soll Jana nicht hören. Das scheint mir plötzlich wichtig in dieser fremden Umgebung. Dass wenigstens das nur uns beiden gehört. Kurt grummelt, dreht sich von mir weg und drückt sein Gesicht in die Rückenlehne des Sofas.

»Kurt!« Ich streiche ihm über den Rücken. »Wir müssen jetzt gehen. Jana muss auch mal schlafen!«

Kurt öffnet widerwillig die Augen, glasig und rot geschwollen. Es wurde geweint, natürlich, und ich küsse Kurt. Er riecht sauer aus dem Mund. Nach Wein und Magen und Traurigkeit. »Komm, ich fahr dich heim!« Kurt scheint erst jetzt richtig zu begreifen, wo er ist, in welcher Situation er sich befindet, gibt sich nun Mühe, wach zu werden. Jana steht die ganze Zeit neben der Haustür, als könnte ihr das alles nicht schnell genug gehen. Wenn du ihn so dringend wieder loswerden willst, hol ihn dir doch erst gar nicht dauernd, will ich sie anschreien. Lass uns doch auch etwas übrig zum Trinken und Reden und Weinen! Aber ich sage selbstverständlich nichts. Janas Wunde ist riesig. Sie ist entzündet, pulsiert und eitert stinkend. Da darf nur Antibiotika rein, keine Galle. Also nehme ich Kurt in den Arm und führe ihn langsam aus dem Haus. »Danke«, sage ich noch und weiß gar nicht warum. Dann schließt sich die Tür hinter uns, und draußen riecht es wieder nach Wald und Moder.

Konntest du schlafen?« Laura steht in einem Morgenmantel, der aussieht wie ein Kimono, an der Tür und sieht besorgt aus.

»Ja«, sage ich, weil das schneller geht als die Wahrheit.

»Willst du Kaffee? Vielleicht auch was zu essen?«

»Ich komme gleich«, sage ich und hoffe, dass sie wieder geht. Ich brauche Zeit, um wach zu werden, in der Realität anzukommen. Laura versteht, oder auch nicht, jedenfalls geht sie wortlos, und ich versuche mich zu orientieren. Jeden einzelnen Morgen muss man sich wieder neu zurechtfinden. Schlaf, wenn er denn kommt, ist keine große Hilfe. Er nimmt dich an die Hand, dreht dich mehrfach im Kreis und bringt dich dann an einen Ort, von dem zurückzufinden enorme Kräfte kostet. Man kann eigentlich nur verlieren. Entweder träumt man von einem Leben, in dem alles normal ist, alle Kurts noch vollzählig sind und das, was verlorengegangen ist, einfach durch intensives Suchen wiedergefunden werden kann. Oder es ist ein Traum ganz ohne Kurts. Eine wirre Mischung aus Kindheitserinnerungen, Haustieren, die man nie hatte, Freunden, mit denen man gebrochen hat, Fremden, die einem ganz nah sind. Alles ergibt Sinn, so absurd es auch sein mag.

In jedem Fall ist das Aufwachen die Hölle. Diese Sekunden, in denen der Geist sich noch in der Realität des Traumes glaubt, dann aber alles eben Erlebte loslassen muss, um in die entsetzliche Realität geworfen zu werden. Der Moment, in dem alle Synapsen schalten und begreifen. Jeden Morgen ein neuer Tod.

Ich wünschte, das Bett würde nach Kurt riechen. Aber Laura hat es gestern neu bezogen. »Es stinkt hier«, hat sie gesagt, und dann hat sie das Fenster geöffnet und wortlos das Bett abgezogen. Ich weiß nicht, wann das letzte Mal die Bettwäsche gewechselt wurde. Ich glaube, ich war ihr dankbar. Jetzt bin ich nicht mehr sicher. Jetzt möchte ich, dass es stinkt. Nach Mensch und Schweiß und Kurt. Der Geruch sauberer Wäsche macht mich einsam. Noch einsamer.

Ich habe allein geschlafen. Kurt ist in Berlin. Bei einem Freund, sagt er. Ich glaube ihm nicht, er lässt niemanden an sich ran, erst recht keine Berliner Freunde. Vielleicht hat er allein getrunken und von Alt-Stralau aus auf die Insel der Jugend gesehen, vielleicht hat er seine Eltern getroffen. Vielleicht ist er bei Jana. Viel mehr geht nicht. Diese wenigen Personen und Schlaf. Kurt schläft viel. Oft tagsüber, auf dem Sofa, allein in unserem Bett, ab und zu im Zimmer vom kleinen Kurt. Ich weiß das nur deshalb, weil das kleine Bett immer mal wieder anders zerknüllt ist. Ich fürchte, dass das nicht gut ist, aber Kurt entscheidet, was gut für ihn ist. Und Menschen sind keine Hilfe: Der Tod überfordert sie, sie fangen an zu stammeln, ihre Augen zucken hilflos hin und her, sehen alles, nur nicht in das Gesicht ihres Gegenübers. Sie reiben sich den Nacken, die Hände, friemeln an Manschetten und Gürtelschlaufen herum. Sie halten sich irgendwo fest, um nicht mit hineingezogen zu werden in dieses fremde Leid. Gleichzeitig trauen sie sich aber auch nicht, sich zu entfernen, aus Angst, nicht angemessen zu reagieren. Oft wird dann rumgestanden und mit den Schuhspitzen das Linoleum nachgezeichnet.

Wer keine Angst hat, der macht es oft sogar noch schlimmer. Der wähnt sich offener als die Manschettenfriemler und erzählt frei und mit direktem Blick, manchmal sogar Berührungen, von sich selbst und dem eigenen erlebten Leid: *Ich verstehe dich. Ich habe selber einmal jemanden verloren.* Die Schlimmsten fangen an zu weinen. Legen ihre eigene Traurigkeit über Väter / Großeltern / Haustiere auf der fremden ab, damit sie sich da kurz unterhalten, verbünden kann. Und dann muss man selbst mit den Schuhspitzen das Linoleum nachzeichnen, weil die Last der ganzen Trauer komplett bewegungsunfähig macht.

Mir fehlt Kurt. Ich bin neidisch auf die wenigen Menschen, die seine Traurigkeit sehen dürfen. Ich möchte mit ihm zusammen auf Alt-Stralau sitzen. Will alles, was auf ihm abgelegt wurde, von ihm herunternehmen. Ich drehe mich auf den Bauch und atme die saubere Baumwolle ein. Ich fühle mich, als würde ich in einem Hotelzimmer liegen. Anonym. Das ganze Haus fühlt sich fremd an ohne alle Kurts und ihre wunderbare Albernheit. Ob es auch einsam ist, das Haus? Braucht es Liebe, wie ein Tier, dessen Besitzer gewechselt hat? Ich überlege, ob beim Wäschewaschen jegliche DNA verlorengeht, oder ob sich vielleicht noch Hautschuppen, Haare oder Zellen der Benutzer in den Fasern der billigen Baumwolle festsetzen. Gauger, ein leidenschaftlicher *CSI*-Fan, weiß das sicher, mit seinem gesammelten TV-Kriminal-Wissen. Ich werde ihn bei Gelegenheit fragen. Bis dahin kratze ich mit dem Fingernagel auf dem Laken vor meiner Nase herum und stelle mir vor, damit all die winzig kleinen Partikel freizusetzen. Jetzt fliegt sie überall herum: auf und neben und unter mir, überall schöne Kurt-DNA.

»Lass uns nach Berlin fahren«, sagt Laura, als sie Milch in meinen Kaffee schüttet.

»Nicht!«, sage ich, aber zu spät. Der Kaffee nimmt bereits diese unattraktiv gräuliche Farbe an, die durch die Mischung mit fettarmer H-Milch entsteht.

»Ich dachte, du trinkst ihn so?«, fragt Laura und zieht verwundert eine Augenbraue hoch.

»Kaffeesahne«, sage ich.

»Das ist ja widerlich!«

Laura macht keine Anstalten, meine Kaffeewünsche zu erfüllen, stattdessen setzt sie sich und wiederholt: »Lass uns nach Berlin fahren.«

»Warum?«, frage ich, gieße den grauen Kaffee in den Abfluss und nehme mir neuen.

»Weil du mal rausmusst. Weg von hier.«

»Quatsch.«

»Nicht Quatsch. Hier ist alles traurig. Komm ein paar Tage mit nach Berlin und wohn bei mir. Wir gehen ein bisschen spazieren, auf den Flohmarkt am Boxi, essen Eis, lassen uns Sonne auf den Bauch scheinen.«

»Ich kann hier nicht weg. Ich muss mich um Kurt kümmern.«

»Kurt ist nie da. Ich bin seit drei Tagen hier und habe ihn nicht ein Mal gesehen. Ich wette, du weißt nicht mal, wo er ist«, sagt Laura und sieht in ihren Kaffee, um nicht in mein Gesicht sehen zu müssen.

»Ich bin nicht Kurts Mutter. Ich muss nicht wissen, wo er jede Minute des Tages ist.«

»Aber solltest du es nicht zumindest grob wissen?«

»Was genau willst du von mir, Laura? Ja: Hier ist es traurig. Es ist jemand gestorben. Es darf hier traurig sein.«

»Ich weiß. Ich mach mir nur Sorgen. Dass du verschwindest. Wie Kurt.«

»Kurt ist nicht verschwunden. Kurt trauert. Und er macht es auf seine Art und Weise. Ich kann ihm da nicht reinreden. Meine Güte, Laura. Sein Sohn ist gestorben! Und wenn er mich braucht, will ich hier sein. Muss ich hier sein.«

Laura ist still. Sie schiebt Krümel ihres Brötchens mit dem Zeigefinger auf dem Teller hin und her.

»Hier ist keine Luft zum Atmen, Lena«, sagt sie ganz leise. »Und niemand kümmert sich um dich.«

»Es muss sich niemand um mich kümmern. Außerdem bist du doch hier«, antworte ich bockig und trinke meinen Kaffee schwarz. Es ist keine Kaffeesahne mehr da, wann waren wir zum letzten Mal einkaufen?

»Komm mit. Bitte. Nur ein paar Tage.«

»Ich kann nicht.«

Ich erkenne die behindertengerechten Toiletten auf dem Parkplatz wieder.

Vor drei Wochen war ich schon einmal hier. Allein. Aber ich kam nicht weit, denn dann fiel mir ein, dass ich gar nicht weiß, wo genau Kurt liegt, und dann bekam ich ein schlechtes Gewissen, weil ich im Grunde heimlich dort war, also stieg ich wieder in mein Auto und fuhr an den nächsten Spargelstand und weinte zu Gisbert zu Knyphausen. Jetzt bin ich ganz offiziell geladen. Von Kurt.

Ich war nicht auf der Beerdigung. Sie war klein, es waren ausschließlich Verwandte da. Also Kurt und Jana, beide Großelternpaare, Janas Bruder aus Franken. Ich hatte Kurt gefragt, ob ich teilnehmen soll, kann, darf. Wieder wusste ich weder um Rechte noch Pflichten. Aber Kurt wusste es noch weniger, war zu zerschlagen, um das ganze Sollen, Können, Dürfen auseinanderzudenken. Er fand keine Worte, hatte keine Wünsche, äußerte keine Bedürfnisse. Also blieb ich zu Hause. Aber ich redete mir das halbwegs erträglich: Von zu Hause aus könnte ich eine bessere Stütze sein. Ich würde Kurt mit Liebe und Wärme und Obstler empfangen, wenn er diesen schlimmen Tag final hinter unserer Haustür lässt. Aber Kurt kam gar nicht nach Hause.

Auch später hat Kurt mich nicht gebeten, ihn in den Friedwald zu begleiten. Erst heute, vier Wochen nach Kurts Beisetzung, fast sechs nach seinem Tod, darf ich hier sein. Werde ich dem toten Kind offiziell als Trauerberechtigte vorgestellt.

Wir kommen mit leeren Händen. Wir bringen keine Blumen, kein Spielzeug, keine Karten. Das Blatt Papier hinter der Waschmaschine sagt *Grabschmuck ist im Friedwald nicht gestattet, denn Blumengestecke, Kränze und Kerzen passen nicht in die natürliche Umgebung des Waldes. Natur und Wald fangen die Trauer auf: Das Zwitschern der Vögel, das Rauschen der Blätter im Wind oder das Knacken der Äste spenden Trost.* Wenn ich ehrlich bin, vertraue ich dem Rauschen der Blätter und dem Knacken der Äste nicht besonders. Still laufen Kurt und ich Hand in Hand an den Bäumen entlang. Einige haben Namenstafeln, andere farbige Bänder um den Stamm. Soweit ich weiß, bedeutet Letzteres, dass der Baum noch zu haben ist. Wieder ein falsches *haben*. Kurt läuft so zielstrebig, dass ich mich frage, wie oft er in den letzten Wochen wohl hier war. Wir scheinen gleich da zu sein, denn Kurt lässt meine Hand los. Das ist schade, denn genau jetzt könnte ich sie gebrauchen, aber es geht nicht darum, was ich brauche. Da meine Hand jetzt plötzlich, der behaglichen Wärme von Kurts Gegenstück entrissen, in der Luft hängt, stecke ich sie in die Hosentasche, was sich despektierlich anfühlt, also hole ich sie wieder raus und lasse sie baumeln.

Kurt ist Grabprofi. Er hockt sich an den Baum seines Sohnes, streicht über das Gras am Stamm, tätschelt den Baum leicht, als würde er gleich »guter Junge!« zu ihm sagen. All seine Bewegungen sind organisch, natürlich, sanft. Meine Bewegungen sind nicht existent. Steif, wie eine noch zu habende Buche, stehe ich hinter Kurt und starre auf Kurts Namenstafel. Ich bin froh, dass es sie gibt, denn sonst würde ich nur auf einen Baum starren. Nichts erinnert sonst daran, dass hier ein kleiner Junge mit einem gebrochenen Genick und zwei fehlenden Milchzähnen seine sogenannte letzte Ruhe gefunden hat. Das ist vermutlich der Charme des Konzeptes Baumbestattung. Mir aber macht es das Hiersein schwerer. Ich möchte gern etwas hierlassen, etwas ablegen. Ich bin so abgeschottet vom Tod des kleinen Kurt und allem, was danach kam, dass ich immer noch Schwierigkeiten habe, überhaupt zu verstehen, warum wir hier stehen und auf einen Baum starren. Also sehe ich so lange auf die Namenstafel, bis sie vor meinen Augen verschwimmt. Ich versuche, nicht stoßweise zu atmen, meine anschwellende Nase nicht durch schnodderige Geräusche zu verraten. Mein Körper bleibt weiter steif und wartet darauf, dass das Rauschen der Blätter im Wind und das Knacken der Äste ihren Job tun. Sie tun ihn nicht.

Als Kurt beginnt, all die Geräusche zu machen, die ich mir verbiete, mache zumindest ich meinen Job, wenn Wind und Äste schon versagen. Ich knie mich hinter seine bebenden Schultern, lege meinen Kopf in seinen Nacken und umarme ihn vorsichtig, damit er nicht erschrickt. Er zuckt dennoch zurück, wird kurz steif, aber sobald sich sein Körper an meine Präsenz gewöhnt hat, werde ich mutiger und drücke ihn fester. Menschen mit Panikanfällen hilft es manchmal, intensiv umarmt zu werden, schreiende Babys wickelt man fest in eine Decke. Korsetts spenden Sicherheit, also bin ich ein Korsett und drücke Kurt, sosehr es meine schwachen Arme zulassen.

Kurt zu trösten ist ein Glücksspiel: manchmal darf ich, oft hingegen nicht.

Wobei mir Trost eh der falsche Umgang mit Trauer zu sein scheint. Trost soll Beistand signalisieren, aber auch ermutigen. Meinen Kurt zu einem Leben ohne seinen Kurt zu ermutigen, fühlt sich falsch an. Vielleicht möchte Kurt auch deswegen keinen Trost. Weil er nicht bereit ist, sich einzugestehen, was Menschen unter solchen Umständen schon immer predigen: dass das Leben weitergeht. Ich verstehe das. Ich will ihm nicht sagen, dass irgendetwas weitergeht. Obwohl es das natürlich tut. Wir zahlen Rechnungen, seit Kurt nicht mehr da ist. Wir kochen, wir schlafen, wir arbeiten, wir leben einfach. Weil im Grunde natürlich *allesallesalles* weitergeht. Die Welt bleibt nicht für eine beschissene Sekunde stehen. Sie zögert noch nicht einmal.

Kurt braucht mein Korsett nur kurz. Vorsichtig pflückt er sich aus meiner Umarmung, steht auf und lässt mich auf dem Boden sitzen. Plötzlich haben sich unsere Positionen umgedreht. Ich sitze am Stamm, Kurt starrt hinter mir irgendwo hin. Vielleicht bin ich jetzt offiziell dran mit Streichen und Tätscheln und Klopfen. Vielleicht werde ich jetzt umarmt und getröstet. Aber Kurt wischt sich den sandigen Hintern ab, blickt rüber zum See und sagt: »Wollen wir los?« Er muss sehen, dass ich weine, aber er dreht sich einfach um und geht. Keine Hand. Kein Rauschen der Blätter im Wind, kein Knacken der Äste.

Annes Zimmer ist karg. Der kleine Raum im dritten Stock des Rummelsburger Townhouses hat bodentiefe Fenster zur Straße und eine Dachterrasse mit Blick auf einen kleinen Park und vor allem auf den Garten des Hauses. Dafür, dass man drei schmale und steile Treppen steigen muss, um hierhin zu gelangen, wird man wenigstens ausreichend mit guter Sicht belohnt. Die Dachterrasse ist zur Hälfte mit teurem Holz ausgelegt, die andere Hälfte ist Rasen. Das finde ich erstaunlich, ich wusste nicht, dass so was überhaupt geht. Aber andererseits habe ich auch keine Ahnung. Es fühlt sich nur irgendwie falsch an, dass der Rasen hier oben, fernab jeglicher Natur, wohnen muss. Wie in einem goldenen Käfig. Eine schicke Pärchenhängematte bedeckt wie ein kleines Boot fast die gesamte Holzfläche, eine geschmackvolle Außendusche auf einem knappen Quadratmeter Naturschieferboden lädt zu einer Erfrischung ein. Also andere Menschen lädt sie ein. Ich lasse mich nicht von Gegenständen einladen, die teurer aussehen als unsere Einbauküche. Auch sonst ist mir hier alles etwas zu bemüht. Der kleine, vollkommen unbenutzte Grill, die riesigen Lavendel in antik scheinenden Tontöpfen, die Strukturstoffkissen in der Hängematte und die großen Windlichter in schlichter Betonfassung.

Umso angenehmer ist die schlichte Einrichtung von Annes Zimmer: als hätte sie begriffen, dass der Ausblick auf diese Reiche-Leute-Wohlfühloase auf der Terrasse genug in Sachen Dekoration ist. Als könnten vielleicht Synapsen durchbrennen, wenn man innen auch noch mit coolem Beton und modern-mediterranem Kladderadatsch gearbeitet hätte. So ist das kleine Zimmer einfach weiß. Ein schmales Doppelbett mit weißer Leinenbettwäsche, ein unaufdringlicher Schreibtisch mit passendem Stuhl. Ein Kleiderschrank, keine Regale, keine Bilder, kein Bullshit. Vermutlich ist das die eigentliche Kunst der Inneneinrichtung: eine natürliche Lässigkeit erschaffen, in der Bücher und schwere Fotobände ganz natürlich auf dem Boden an der Wand lehnen, als hätte man sie da nur vorübergehend und aus Platzmangel abgestellt und nicht mehrere Versuche dafür gebraucht. Mein Herz gewinnt Anne allerdings mit einer Kleinigkeit: einer Untertasse, die sie offensichtlich als Aschenbecher benutzt. Laura muss das hassen. Laura raucht nicht, und wenn in ihrem Haus geraucht wird, dann muss man in einen Aschenbecher aschen, der zusätzlich mit Alufolie ausgelegt ist. Das ist ziemlich traurig, hat Kurt mal gesagt. Dass Anne also hier oben das gute Geschirr vollascht, ist vermutlich ein winziger Akt der Rebellion gegen Lauras guten Geschmack. Ein karges Zimmer und eine alte Untertasse sind Annes ganz persönliches Empowerment.

Ich wusste gar nicht, dass dieser Raum Anne gehört. Die beiden haben auf den drei Geschossen plus Erdgeschoss diverse Zimmer verteilt: Küche, Hauswirtschaftsraum, Kammer und Gästeklo im Erdgeschoss, ein großes Schlafzimmer, Badezimmer und Arbeitszimmer im ersten Stock. Ein unverschämt und unnötig großes Wohnzimmer im gesamten zweiten Stock und darüber ebendieser kleine weiße Raum, bei dem ich immer davon ausging, dass es sich um ein Gästezimmer handele. Aber »wir mögen es, dass jede ihr eigenes Zimmer hat. So haben wir die Möglichkeit, uns zurückzuziehen«, hat Laura das Konzept leidenschaftlich erklärt. Als wenn es sonst nicht genug Platz gäbe, sich hier zurückzuziehen. Auf meine Nachfrage, ob sie auch getrennt schlafen, sagte sie etwas zurückhaltend, dass es ganz drauf ankäme. Ich habe nicht gefragt, auf was genau. Ich frage mich, ob Laura glücklich ist. Oder ob es ihr reicht, glücklich zu wirken.

Anne ist wieder irgendwo, Frankreich vermutlich, England sehr wahrscheinlich. Ich hatte nicht die Kraft zu fragen, und Laura schien nicht erpicht, Genaueres zu erzählen. Ich wurde einfach hierbehalten, und dafür bin ich dankbar, auch wenn ich eher eingewiesen als einquartiert wurde. »Gib mir deinen Schlüssel, ich hol dir alles, was du für ein paar Tage brauchst«, hat Laura gesagt. Ich brauchte aber gar nichts, also blieben wir auf der Dachterrasse stehen und tranken Wein.

Kurt habe ich die drei viertel Wahrheit erzählt. Dass ich viel in der Redaktion sein muss, dass ich der Einfachheit halber in dieser Zeit bei Laura bleiben würde, ich wolle auch mal wieder meine Eltern in Ruhe sehen und überhaupt. Kurt hinterfragte nichts, und ich hoffe, ich habe mir seine Erleichterung nur eingebildet.

»Wenn was ist, sag Bescheid, ja? Ich kann jederzeit in einer halben Stunde zu Hause sein«, habe ich gesagt, gehofft.

»Mach ich«, antwortete er geistesabwesend. Im Hintergrund Motorengeräusche. Ich fragte weder ihn noch mich, wohin er unterwegs war.

Nun liege ich schon die zweite Nacht in Annes weißem Leinen und sehe durch die Fenster in den Nachthimmel. Ich fühle mich fremd hier, aber es ist viel besser als die Fremde zu Hause. Die tut nur weh. Ich verkrieche mich hier. Feige fühle ich mich. Und gleichzeitig sicher.

Für mein Empfinden liegen Laura und ich ein wenig zu nah nebeneinander in dem Pärchenhängemattenboot, aber ich nehme an, dass das der Sinn dieser monströsen Konstruktion ist. Aneinanderzurutschen, Körperkontakt zu haben. Nun kleben meine nackten Beine an Lauras nackten Beinen, unsere Arme (mein rechter, ihr linker) hängen heraus und schubsen uns abwechselnd ab.

»Bisschen zu romantisch für uns beide«, sage ich und sehe über die kleine Rasenfläche. Sie ist trocken und gelblich. Ich sehe Moos. Vermutlich kümmert sich Anne um das traurige Grün hier oben. Laura sieht sich selbst eher unten im Garten, wo sie mit den Nachbarn plaudern kann.

»Nun, vielleicht ist es ein bisschen eng, aber du kannst ja

aussteigen und dich auf einen Stuhl setzen«, erwidert Laura träge.

»Hier ist kein Stuhl.«

»Hol dir doch einen.«

»Nee.«

»Wann kommt Anne wieder?«, frage ich und schließe die Augen. Die Abendsonne scheint uns ins Gesicht, mein Magen knurrt leise.

»Übermorgen. Aber kein Stress, du kannst bleiben, solange du magst!«

»Ich will aber nicht in einem Bett mit dir schlafen müssen.«

»Wieso? Das wäre mehr Körperkontakt, als du seit langem bekommen hast.«

Ich werde steif.

»Fuck. Sorry. Das war gemein. Entschuldige, das wollte ich nicht sagen, es war nur ein doofer Scherz.«

Laura dreht sich umständlich auf die Seite, um mich anzusehen, was in einer Hängematte im Grunde unmöglich ist, vor allem, wenn man zu zweit drin liegt. Sie rutscht automatisch mit dem ganzen Körper auf meinen, ihr Kopf in meiner Halsbeuge. Ich muss lachen. Laura versucht ernst zu bleiben, will sich in eine weniger kompromittierende Position strampeln, kommt aber aus meiner Halsbeuge nicht raus und fängt auch an zu kichern. »Scheiße, sorry!«

»Geh weg! Du bist klebrig!«

Nun strample ich auch, und es wird immer schlimmer, das Boot immer unsicherer, und wir werden immer hysterischer. Im Versuch, vor Lauras Strampelei zu flüchten, rutsche ich aus der Hängematte und lande hart auf dem Holzboden. Dort sitze ich und habe Bauchschmerzen vor Lachen. Laura lugt über den Rand der Matte, um zu sehen, ob ich mir weh getan habe, aber auch sie kann nicht aufhören zu lachen. Und so sitzen wir auf der Dachterrasse und lachen, bis uns schlecht wird. Bald wird aus meinem hysterischen Gelächter ein ebenso hysterisches Weinen, immer wieder unterbrochen von vollkommen unangemessenem Gegackere, und so fließen Tränen wie Milch und Honig, und Laura lässt mich einfach. Springt nicht dazwischen, um zu trösten, zu unterbrechen, sondern lacht mit mir, bis der Sturm vorbeizieht.

Etwas später liegen wir auf dem Rücken im vertrockneten Gras, die letzten Sonnenstrahlen sind schon nach Hause gegangen und es wird kühler. Hier und da entweicht uns noch ein kleines Gekicher oder ein Schluchzer, wie ein freundliches Nachbeben. Dann nimmt Laura meine Hand, und ich sage: »Das war schön. Danke.«

»Dafür, dass ich dich aus der Hängematte geworfen habe? Jederzeit!«

Ich schließe die Augen und rieche den trockenen Rasen, das Moos und Lauras Parfüm.

»Ich bin so einsam.«

»Ich weiß.«

»In alle Richtungen ist es furchtbar.«

»Ich weiß.«

Als ich die Augen öffne, kann man schon vereinzelt

Sterne am dunkler werdenden Himmel sehen. Eine Ameise krabbelt über meinen Arm, und ich vermisse unser neues Haus, das Land, sogar Gauger.

»Weißt du noch, als Papas Hund gestorben ist und er sagte, das sei wie ein Kind zu verlieren?«

Laura lacht: »Ja. Das war mies.«

»Ich glaube, ihm war gar nicht richtig bewusst, was er da sagt. Zu *wem* er es sagt. Aber es hat mich echt getroffen.«

»Ja. Verstehe ich. Aber er war eben wirklich traurig. Die Töle war 16 Jahre alt, er hat sie sehr geliebt. Er wollte sie nicht mit uns vergleichen.«

»Ich weiß. Trotzdem.«

Laura drückt meine Hand. »Also ich liebe dich mehr, als ich je ein Haustier lieben würde.«

»Du hasst Haustiere.«

»Nur ihre Haare. Und den Geruch.«

»Dein Liebesbeweis ist nichts wert. Du bist voll deines Vaters Tochter!«

Die Hafenküche ist, wie ihre gesamte Umgebung, ein bisschen zu lässig. Sie liegt an der Rummelsburger Bucht, von Lauras ein bisschen zu lässigem Haus ist es nur ein Kilometer, den man nahezu komplett entlang des Wassers zurücklegen kann.

Ich bin jedes Mal aufs Neue fasziniert von dem ganzen Konzept Rummelsburg: eine Hochburg aus modernen Townhouses und schicken, ebenso neuen Mietshäusern mit bodentiefen Fenstern, das Wasser der Bucht von überall aus in wenigen Gehminuten zu erreichen. Ein komplett in sich geschlossener Ort, eine eigene kleine Stadt. Wie eine dieser kleinen imitierten Wohnungen bei Ikea: sehr geschmackvoll, aber merkwürdig leblos. Natürlich sind hier Menschen. Der ganze Stadtteil ist vollgestopft mit Eltern und Kindern und Freunden der Eltern und deren Kindern, und Menschen ohne Kinder, aber die kommen nur zu Besuch, um zum Beispiel in der Hafenküche zu sitzen und bei einer Rhabarbersaftschorle auf die Liebesinsel gegenüber dem Hafen zu starren.

»Hast du nie das Gefühl, von der Welt abgeschnitten zu sein, wenn du hier bist?«, frage ich Laura, die in einem Salat stochert.

»Wieso? Ist doch alles gleich um die Ecke. Aldi, der Biomarkt, Ostkreuz.«

»Das meine ich nicht. Ich meine das richtige Leben. Ein Kiezleben. Menschen, die in Cafés sitzen, zur Arbeit gehen, durch Läden trödeln, das, was so eine Stadt eben ausmacht.«

»Die Menschen gehen hier zur Arbeit. Und wir sitzen in einem Café!«

»Das stimmt. Ich finde es trotzdem irgendwie künstlich. Sehr schön, aber mit Verlaub etwas spießig.«

»Sagt die, die gerade selber ein Haus gekauft hat. Im Grunde lebt doch jeder von uns einfach in der Spießigkeit, die er schön findet.«

Sie hat recht. Vielleicht sollte einfach jeder das tun, was er als angenehm empfindet, ohne sich darum zu scheren, was andere denken. Vielleicht ist all das hier nicht unecht, sondern nur eine andere, für mich eben unattraktive Form von Realismus.

»Wir sollten anfangen zu trinken«, sage ich. »Komm, ich lade dich auf einen Schnaps ein.«

Der Rückweg dauert länger, ist dafür aber auch lustiger als der Hinweg. Viele Schnäpse haben unsere Stimmung und Stimmen geölt, so dass es jetzt sehr schön klingt, als wir »Total Eclipse of the Heart« singen. Es ist ein schwieriger Song, er ist stellenweise zu hoch für unsere recht übersichtlichen Möglichkeiten, aber wer mit Leidenschaft singt, muss die hohen Töne nicht treffen, so will es das Gesetz der Talentlosen, also kommen wir ganz gut durch die erste Strophe. Laura muss immer *Turn Around* singen, ich darf die ganzen Worte dazwischen, wobei mir nur die Hälfte von ihnen einfällt. So singe ich also häufiger *every now and then I get a little bit lonely*, als es im Text tatsächlich vorkommt. Dann möchte Laura nicht mehr immer nur *Turn Around* und *Bright Eyes* singen, also singen wir ab da alles zusammen und kriegen so auch mehr Text zusammen, weil wir jetzt zwei Gehirne dafür nutzen können. Als wir zu Hause ankommen, haben wir etwa siebzig Prozent des Textes richtig gesungen. Glauben wir. Und selbst wenn nicht: Bonnie Tyler ist ja nicht hier, die sitzt irgendwo auf der Welt in ihrem eigenen spießigen Haus.

Erst als ich zurück in Annes Zimmer komme, merke ich, wie betrunken ich wirklich bin. Das Heraufsteigen der kilometerlangen Treppen hat mein Blut in Wallung gebracht, jetzt ist mir schwindelig und ich stehe auf der letzten Stufe und verfluche ein weiteres Mal die Architektur von Lauras Haus: Die steilen Treppen sind aus weißlackiertem Stein und gefährlich glatt, sie haben kein Geländer, vermutlich, weil Geländer nicht schön aussehen. Ich versuche, nicht rückwärts in den zweiten Stock zu fallen, und stütze mich daher mit beiden Händen an den Wänden ab. Ich schließe die Augen, was ein dummer Anfängerfehler ist, denn sofort dreht sich alles. Wenn man sich auf den Schwindel einlässt, ist er für einen Moment gar nicht schlimm, sondern auf eine psychedelische Art und Weise ganz lustig. Allerdings wäre es wirklich zu dumm, jetzt die Treppe hinunterzufallen, daher falle ich stattdessen auf Annes Bett, um mir den schönen Schwindel noch mal genauer, vor allem aber sicherer anzusehen.

Als mein Telefon klingelt, ärgere ich mich. Der Alkohol macht gute Sachen mit mir: Ich fühle mich so leicht wie schon lange nicht mehr, gleichzeitig beschwert er meinen Körper so sehr, dass ich das Gefühl habe, nie wieder aufstehen zu können. Was für eine perfekte Mischung: ein leichter Geist, sicher verankert durch einen bleischweren Körper. Ich verstehe erst jetzt so richtig, weshalb Menschen exzessiv trinken, und nehme mir vor, das häufiger zu machen.

Obwohl ich das Gefühl habe, stundenlang auf dieser Idee herumzudenken, hört das Telefon nicht auf zu klingeln. Ich kann es aus dem Augenwinkel sehen: Es liegt auf dem kleinen Schreibtisch und leuchtet aufdringlich vor sich hin. »Ich bin gerade beschäftigt, bitte versuchen Sie es ein andermal!«, murmle ich kichernd vor mich hin und schließe wieder die Augen. Irgendwann muss das Klingeln ja aufhören.

Es ist nicht gut durchdacht, dieses Haus. Ich wache auf, weil ich pinkeln muss.

Um das nächste Klo zu erreichen, muss man aber aus Annes Zimmer im obersten Stock zwei ganze Stockwerke nach unten laufen, um erst dann im Hauptbad direkt neben Lauras Schlafzimmer auf die Toilette zu gehen. Weil alle und alles hier so furchtbar offen sind, ist sie nur durch eine hölzerne Schiebetür vom Schlafzimmer getrennt. So kann ich nicht. Deshalb lege ich nachts oft entweder den ganzen Weg zurück und laufe bis runter ins Erdgeschoss, um die Gästetoilette zu benutzen, oder, und heute scheint das definitiv die bessere Wahl, ich pinkle heimlich in die Außendusche. Nicht optimal, aber was ist schon optimal.

Meine Füße sind feucht, und ich bin nicht sicher, ob sie es (sehr wahrscheinlich) vom Tau sind oder (nicht gänzlich auszuschließen) von meinem Urin. Ich gehe nur auf Zehenspitzen zurück ins Zimmer und suche in meiner Tasche nach Tempos, um meine Füße zu trocknen. Mein Telefon lässt mich wissen, dass es kurz vor zwei ist, und dass ich einen Anruf von Kurt verpasst habe. Keine Mailboxnachricht. Plötzlich möchte ich dringend mit ihm sprechen. Ich bin immer noch betrunken, aber ich muss seine Stimme hören oder nur ein Schnaufen. Irgendwas, denn mein Heimweh überwältigt mich jetzt. Ich wähle

Kurts Nummer und hoffe, dass er noch wach ist, dass er ans Telefon geht, dass er meine Nummer sieht und sich freut.

»Ja?«

Er klingt verschlafen. Ich weiß sofort, wie er gerade aussieht, wie er riecht. Mein Herz klopft wild, mein Hals zieht sich zusammen vor lauter Sehnsucht.

»Ich bin's«, schluchze ich und ignoriere die Stimme der Vernunft, die mir dringend zuraunt, mich zusammenzureißen.

»Lena?«

Kurt muss noch wach werden, ich höre ihn leise stöhnen und rascheln, vermutlich setzt er sich im Bett gerade hin, reibt sich die Augen, dann das Haar und dann das ganze Gesicht.

»Du fehlst mir«, weine ich ins Telefon.

Kurt antwortet nicht sofort. Er scheint nachzudenken. Oder sich immer noch zu orientieren.

»Wo bist du?«, fragt er nach einer Weile.

»Bei Laura. Du fehlst mir!«, wiederhole ich. Vielleicht hat er mich nicht gehört.

»Du fehlst mir auch«, sagt er, aber ich glaube ihm nicht.

»Wo bist du?«, frage ich Kurt und ziehe die Nase hoch. Die Stimme der Vernunft hatte mich gewarnt und sie hat recht behalten, also reiße ich mich verspätet zusammen.

»Im Bett.«

»In unserem Bett?«, frage ich. Ich will nach Hause. Ich will in unser Bett. Ich will zu Kurt.

»Was soll das heißen?« Kurt klingt genervt. »Natürlich in unserem Bett.«

Ich sage nicht, dass das eben nicht natürlich ist, dass er nur die Hälfte der Nächte der vergangenen zwei Monate tatsächlich in unserem Bett verbracht hat. Stattdessen sage ich: »Ich bin ein bisschen betrunken.«

Kurt lacht leise und, das glaube ich zumindest, versöhnlich: »Was habt ihr getrunken?«

»Grappa. Du fehlst mir!«, versuche ich es erneut. Es scheint sinnvoll, mit der immer gleichen Versuchsanordnung ein anderes Ergebnis zu erwarten. Albert Einstein sah das ganz genauso, soweit ich mich erinnere.

»Wann kommst du nach Hause?«, fragt Kurt, und es raschelt wieder bei ihm.

»Ich weiß noch nicht. In ein paar Tagen? Ich kann auch früher, wenn du magst.«

»Nein, mach, was sich gut anfühlt für dich!«

»Nichts fühlt sich gerade gut an.«

»Du weißt, was ich meine. Wenn es da schön ist bei Laura, bleib ruhig eine Weile.«

»Ich will, dass ich dir fehle! Fehle ich dir gar nicht? Wir sehen uns kaum! Du fehlst mir!«, bricht es aus mir heraus, und jetzt ist es mir egal. Ich kann ja kaum noch tiefer sinken, also lasse ich alles los.

»Lena, ich hab doch schon gesagt, dass du mir fehlst!« Kurt schafft es, in diesem kurzen Satz verärgert und liebevoll zu klingen. Als hätte er sich etwa bei der Hälfte besonnen und noch schnell einen Haken geschlagen.

»Aber es fühlt sich gar nicht so an! Du bist so weit weg,

und selbst wenn wir mal beide gleichzeitig zu Hause sind, bist du trotzdem irgendwie nicht ganz da, und ich weiß, dass du trauerst, aber ich trauere auch, und du fehlst mir so sehr. Ich bin so scheiße alleine!«

Vermutlich versteht er den letzten Satz nicht mehr, denn jetzt sind alle Schleusen offen, und ich schluchze nass und erbreche zwei Monate Gefühl über Kurt. Es ist zu viel. Ich spüre das in dem Moment, in dem es passiert, aber ich kann es nicht mehr zurückhalten.

Kurt ist still.

Dann sagt er ganz zart: »Süße. Ich weiß. Es ist alles scheiße gerade. Ich weiß nicht so recht, wohin mit allem. Und zu wem. Aber lass uns da in Ruhe drüber reden, ja? Jetzt ist nicht der richtige Zeitpunkt. Es ist mitten in der Nacht, und du bist betrunken. Schlaf erst mal ein bisschen, und wenn du wieder hier bist, reden wir mal, o.k.?«

Das ist mehr, als ich erwartet hatte, auch wenn ich wieder keine akute Hilfe bekomme, also ziehe ich erneut geräuschvoll die Nase hoch und sage: »O.k.«

»Gut. Ich küss dich. Schlaf gut«, sagt Kurt und legt auf. Ich weiß nicht, ob er mein »Du auch« noch abgewartet hat.

Meine Leidenschaft für Baumärkte ist noch jung, aber ungestüm. Da wir große Teile der Arbeiten am Haus selbst gemacht haben, besitze ich plötzlich ein beeindruckendes, wenn auch nur theoretisches Wissen über Dinge wie Unterputzsteckdosen, Wandfarben, Holzqualitäten und LED-Birnen. Ich weiß, welchen Reparaturputz man für innen, außen und elastische Hintergründe braucht, wie man braune Fliesenfugen wieder weiß bekommt und was der Unterschied zwischen Kreuzschlitz-, Schlitz- und Torx-Antrieb ist. Ich kann inzwischen mit bloßem Auge erkennen, welchen Bohrer ich für welche Dübel benötige. Ich bin im Grunde Tim Taylor.

Heute hingegen lungere ich in der Gartenabteilung rum und informiere mich über Rasenpflege. Laura hat mir Hausaufgaben und hundert Euro gegeben, ich soll den Rasen auf der Dachterrasse wiederbeleben. Natürlich hat sie mir das nicht so aufgetragen, sie hat gefragt, ob ich Lust hätte, und ich hatte, dennoch stehe ich jetzt wie ein Kind mit Muttis Einkaufsgeld im Brustbeutel neben Frau Steinkemper im Baumarkt und höre zu, wie sie vom Vertikutieren spricht.

»Viel Moos sagten Sie, ja? Das muss alles raus, sonst hat der Rasen gar keine Chance!« Auch sie ist leidenschaftlich, das mag ich. »Besitzen Sie einen Vertikutierer?«, fragt sie, und ich schäme mich, weil ich es nicht tue. Ich gebe dem Rasen ja gar keine Chance!

»Macht nichts«, sagt Frau Steinkemper, »wie groß ist die Fläche denn?«

»So fünf mal drei Meter vielleicht? Und sie ist auf einer Dachterrasse, falls das relevant ist.«

Frau Steinkemper legt die Stirn etwas erstaunt in Falten, ordnet dann aber ihre Gedanken neu und passt sich den Gegebenheiten an: »Gut. Passen Sie mal auf, ich zeige Ihnen, was am Sinnvollsten sein könnte.«

Ich verlasse den Baumarkt mit einem Handvertikutierer, einem Gerät, das wie eine scharfe Harke den Boden aufkratzt, so den Boden belüftet und gleichzeitig das Moos herauszieht. Außerdem habe ich einen günstigen Rechen gekauft, mit dem das Moos und abgestorbener Rasen nach dem Vertikutieren entfernt werden. Dann hat Frau Steinkemper noch Rasendünger (Bio) und Nachsaat (Turbo) empfohlen. Zu guter Letzt habe ich eine Handbrause und einen kleinen Viereckregner gekauft, Laura hat zwar Wasser auf der Terrasse, aber nur aus einem simplen Schlauch. Ich hoffe, dass ich mich richtig entschieden habe, als ich zwischen einem ½-Zoll- und einem ¾-Zoll-Anschluss wählen musste.

Frau Steinkemper hatte nicht erwähnt, was für eine irre Anstrengung es erfordert, einen Rasen zu vertikutieren. Bis auf die Unterwäsche ausgezogen ziehe ich in der prallen Frühsommersonne den Vertikutierer über das widerspenstige Gras und fluche vor mich hin. Gleichzeitig bin ich beeindruckt, wie gut das Gerät seinen Job macht: Aus der recht übersichtlichen Fläche Rasen wird eine imponierende Menge Mist gezogen. Alte Blätter, Moos und verdorrte Grasreste. Als ich nach einer Stunde fertig bin, habe ich an den Händen zwei prall gefüllte Blasen und zu meinen Füßen drei schwarze Müllsäcke voller toter Natur. Die fertig vertikutierte Fläche hingegen sieht jetzt sehr zerrupft und traurig aus, aber das hatte Frau Steinkemper schon anmoderiert. Das muss einem keine Sorge machen, denn jetzt hat der Rasen wieder Luft und Platz, um sich zu erholen. Ich schütte, etwas halbherzig, die Nachsaat über die zerfledderte Fläche und kippe den Dünger hinterher. Die richtige Reihenfolge habe ich bereits wieder vergessen: eins von beidem sollte nach dem anderen gemacht werden, aber morgen fahre ich wieder nach Hause, daher müssen sich Samen und Dünger jetzt vertragen, ob sie wollen oder nicht. Dann schließe ich noch den Viereckregner an Lauras Schlauch, klopfe mir auf die klebrige Schulter, weil der ½-Zoll-Adapter passt, und sehe dann aus der Hängematte zu, wie die Dachterrasse gleichmäßig bewässert wird. »Komm Rasen kieken!«, schreibe ich Laura per Whatsapp. »Und bring was zu trinken mit!«

Als Laura endlich kommt, bin ich eingenickt. Das träge Lüftchen hier oben hat meinen verschwitzten Körper getrocknet, nur meine Füße sind nass, weil der Rasensprenger ein wenig über die Rasenfläche hinausregnet.

»Hast du *so* gearbeitet?«, fragt Laura und mustert mich wie eine gemeine Cheerleaderin. Mein BH hat noch dunkle Schweißflecken unter den Brüsten, meine Unterhose sieht aus, als hätte ich mich eingepullert.

»Es ist irre heiß hier oben, und es war wirklich anstrengend!«, verteidige ich mich.

Laura lächelt und reicht mir eine kleine, teuer aussehende Flasche Wasser. Dann sieht sie sich auf der Terrasse um.

»Ich will dich nicht ärgern, aber der Rasen sieht schlimmer aus als vorher.«

»Dafür ist alles, was du jetzt siehst, auch tatsächlich Gras und kein Unkraut oder Moos. Ich hab nachgesät und gedüngt, in zehn Tagen ist der richtig schick und saftig!«

»Nun gut. Und was ist in den Säcken?«

»Der Kram, den ich rausvertikutiert habe.«

»Das alles?« Laura ist überrascht.

»Jupp.«

»Was mach ich jetzt damit?«

»Keine Ahnung.«

Laura scheint sich mehr über die Säcke zu ärgern, als über den Rasen zu freuen, aber ich lasse ihr das durchgehen, ich kenne sie ja.

»Du kannst gerne noch bleiben, Lena. Ich fänd' das wirklich besser.«

»Du willst mich nur zu deinem Gärtner machen.«

Ich schaukle leicht in der Hängematte und bin befriedigt von der körperlichen Arbeit.

»Ja! Ich habe unten noch so viel mehr Rasenfläche, die du verwüsten könntest. Aber ich glaube, es wäre gut für dich, noch ein paar Tage zu bleiben. Dich auszuruhen.«

»Ausruhen wovon?«

Laura stockt. Sie sucht die richtigen Worte. »Von der, na ja, Situation.«

»Welche Situation? Dass Kurt tot ist? Dass der andere Kurt mir irgendwie auch abhandenkommt? Davon kann man sich nicht ausruhen. Beides ist Fakt. Beides geht nicht einfach weg, nur weil ich hier auf einer deiner Terrassen Kokoswasser trinke.«

»Nein. Natürlich nicht. Aber ich habe das Gefühl, dass du jemanden brauchst, der sich um dich kümmert. Jemanden, der für dich da ist. Und ich fürchte, Kurt ist das gerade nicht.«

Ich schäme mich, weil Laura glaubt, dass sich um mich gekümmert werden muss, und gleichzeitig bin ich verletzt, weil Laura Kurt abspricht, für mich da sein zu können.

»Kurt muss das auch nicht«, sage ich. »Kurt hat genug mit sich selbst zu tun.«

»Eben«, sagt Laura leise. »Aber du bist auch traurig. Du musst auch liebgehabt werden.«

»Tja nun. Man kann eben nicht alles haben«, sage ich und steige aus der Hängematte, um duschen zu gehen. Eigentlich nur, damit Laura nicht sieht, wie sehr mich ihre Worte treffen. Aber duschen muss ich auch.

ass uns eine Hollywoodschaukel kaufen. So eine richtig alte, ostige!«

Ich pflanze Lavendel neben der Terrasse und an den Maschendrahtzaun und bin überrascht, Kurt schon wach zu
sehen. Seit einer Woche arbeitet er wieder voll, bevorzugt
nachts. Wir haben unser Telefongespräch von neulich
nicht weitergeführt. Kurt thematisiert es nicht von allein,
und ich traue mich nicht. Ich will nichts zerstören, ich bin
nur froh, dass er ganz langsam wieder zurückkommt. Vielleicht noch nicht ganz zu mir, aber schon mal ins Haus.

Er hat die ganzen letzten Tage in seinem Arbeitszimmer
verbracht. Aber auch jede Nacht in unserem Bett. Wir steigen zu unterschiedlichen Zeiten ein und aus, aber immerhin: Ein paar Stunden lang liegen wir nebeneinander, als
wäre alles o.k. Wenn ich morgens aufwache, er aber erst
seit fünf Stunden oder weniger im Bett ist, bleibe ich liegen und sehe ihn heimlich von der Seite an, versuche
durch die Kraft meiner Gedanken Schlechtes aus ihm
herauszusaugen. Außerdem fehlt mir seine Haut. Also be-
rühre ich ihn vorsichtig, wenn er schläft. Wie ein Dieb.

»Unterhosen? Echt?«, frage ich ihn vorsichtig grinsend. Kurt sieht an sich herab: Der graumelierte, etwas fleckige Hoodie geht in zartblau gestreifte Boxershorts über, ein Knopf der winzigen Knopfleiste fehlt.

»Nach all den Jahren sollst du immer noch was geboten bekommen.«

Er scherzt müde, aber er scherzt.

Ich nicke bedächtig und sage: »Ich nehme, was ich kriegen kann. Willste nen Kaffee?«

»Gern«, sagt Kurt und lässt sich auf die alte, etwas wackelige Holzbank vor dem Haus fallen.

»Und eine Hose vielleicht?«

»Nein danke, Mama.«

Er meint es nicht so, aber es sitzt. Nicht Frau, Freundin, Geliebte, sondern Mama. Aber das muss jetzt egal sein. Was zählt, ist, dass Kurt da ist.

»Bringst du meinen Laptop mit raus? Ich will mal nach Hollywoodschaukeln sehen.«

Ich reiche Kurt Laptop und Kaffee aus dem Küchenfenster und setze mich danach neben ihn auf die Bank. Obwohl er vom Schlaf ganz zerknautscht ist, sieht er gut aus, mein Kurt. Er hat etwas abgenommen und sein Bart ist zu lang. Die schöne Boxernase, blasse, blaue Augen. Das Haar ist wirr und auch länger als sonst, aber das unterstreicht nur das Wilde, Ungemachte, was ich an Kurt sehr liebe. Ohne nachzudenken, streiche ich ihm über den Hinterkopf, vergrabe meine Hände in dem leicht fettigen Haar und küsse ihn auf die Schulter.

»Ich kann dich gut leiden!«, sage ich leise.

»Ich finde dich auch dufte!«, sagt Kurt und sieht mich leicht lächelnd an. Dann blickt er wieder auf seinen Computer. Meine Hand auf seinem Kopf ist in Habachtstellung, aber er schüttelt sie nicht ab und scrollt sich stattdessen durch die Angebote von ebay Kleinanzeigen.

Ich schließe die Augen und versuche, mich in diesem Moment festzubeißen. Ihn in seiner Gänze zu spüren, abzuspeichern. Die Maisonne ist heiß, das alte Thermometer an der Hauswand zeigt über 25 Grad. Es ist still um uns herum, der Brandenburger ist nicht freiberuflich, also gehen alle Nachbarn ihrer Arbeit nach, nur wir zwei Großstädter sitzen an einem Mittwochmittag in der Sonne und trinken Kaffee. Ich höre, bis auf Kurts seltenes Tippen, seinen manchmal rasseligen Raucheratem und einen Specht, nichts. Mein Gesicht wird heiß von der Sonne, mein Herz von der Nähe, und ich drehe meinen Kopf an Kurts Schulter so, dass ich ihn riechen kann. Die Wärme seines Hoodies, den Geruch seiner Haut, am Hals, da, wo der Pullover sie zulässt. Und das erste Mal seit Wochen fühle ich mich getröstet. Nicht so sehr von Kurt, eher vom Leben. Und ein bisschen von Brandenburg.

»Boah, jetzt wird es aber ganz schön warm«, sagt Kurt und dreht sich von mir weg, um seinen Pullover auszuziehen. Dann verschränkt er die Beine zum Schneidersitz, und dort, wo der fehlende Knopf seiner Unterhose den Stoff auseinanderzieht, sehe ich etwas dunkles Schamhaar. Nur kurz, dann stellt sich Kurt den Laptop auf den Schoß, und das schöne Stück Haut und Haar wird durch den Blick auf die Tastatur ersetzt.

Ich starre auf das B, in etwa die Stelle auf der Tastatur, unter der sich die kleine Öffnung in Kurts Unterhose befinden müsste, und denke über seinen Geruch nach. Männer riechen zwischen Bauchnabel und Schamhaaransatz ganz besonders. In erster Linie riecht es nach warmer Haut, natürlich. Da dieser Teil des Körpers aber fast immer am Bund diverser Hosen und Unterhosen reibt, mischt sich ein leichter Duft nach Baumwolle, Schweiß und eben Penis dazu. Ein Geruch, der mich immer kriegt. Ich habe Kurt mal gefragt, ob es diesen speziellen Ort auch bei Frauen gibt.

»Nein. Jedenfalls nicht genau dort. Bei euch ist das eher diese Beuge zwischen Oberschenkel und äußeren Schamlippen. Das riecht toll!«

Er sah sich diesen Ort danach noch einmal sehr genau an.

»Nur um sicherzugehen«, murmelte er unter meinem Rock.

Mir wird warm. Adrenalin schießt durch meinen Unterkörper und hinterlässt ihn unangenehm vibrierend. Kurts nackter Oberkörper sendet von der Sonne aufgeheizte Duftmoleküle zu mir, und ich rücke etwas ab von ihm. Ich habe kein gutes Gespür mehr für Gelegenheiten. Beim großen Nähe-oder-keine-Nähe-Roulette hab ich zu oft verloren, daher halte ich jetzt mit beiden Händen meinen Kaffee und wir sehen gemeinsam die Liste der verfügbaren Hollywoodschaukeln im Landkreis Oberhavel durch.

»Kannst du mir später die Haare schneiden?«, fragt er.

»Klar.« Auch ich ziehe jetzt meinen Pullover aus, denn die Sonne ballert jetzt unangenehm.

»Was ist mit der Hose?« Kurt sieht mich plötzlich sehr direkt an.

»Wie, was ist mit der Hose?«

»Nun. Es wäre nur fair, wenn du sie ebenfalls ausziehst. Ich hab ja auch keine an.«

»Ich habe nichts drunter«, fällt mir ein, und ich werde rot.

»Ich werde es niemandem verraten.«

Ich ziehe die Schlafanzughose, mit der ich vorhin in den Garten gegangen bin, aus.

Er hat ja recht: Es ist nur fair.

»Geht doch«, sagt Kurt und wendet sich wieder dem Computer zu.

»Ja, geht doch«, sage ich und gehe mit meinem alten Bandshirt der Shout Out Louds und blankem Hintern zu meiner Gartenbaustelle und setze den Lavendel in das für ihn vorgesehene Loch.

»Chapeau!«, lacht Kurt, und mein Herz springt. Er stellt den Laptop zur Seite, sprintet zu mir, hebt mich auf wie einen Sack und wirft mich über seine Schulter.

»Entschuldigen Sie, aber ich habe hier zu tun«, sage ich, möchte aber eigentlich unbedingt weggetragen werden. Am liebsten ganz woanders hin, aber ins Schlafzimmer ist auch erst mal schön.

Es ist der erste Sex seit Kurt. Und er ist nicht wie sonst. Aber das ist nicht schlimm. Das kann niemand erwarten.

Es fehlt uns an fast allem, an Leichtigkeit besonders. Und auch an Nähe. Es fühlt sich verwirrend an: vertraut und gleichzeitig unfassbar fremd. Als wären wir zu viert: Die Geschlechtsteile machen einfach das, was in dieser Situation von ihnen erwartet wird, während sich ihre Besitzer eigentlich nur erschöpft aneinander festkrallen. Kurt braucht lange, um richtig bereit zu sein, und er braucht lange, um fertig zu werden. Ich bemühe mich, ich helfe, ich mache alles, was gebraucht werden könnte. Nicht der Weg ist das Ziel, nicht heute, heute ist das Ziel das Ziel. Es holpert sehr, und wir sind beide verbissen. Und obwohl sich alles eher wie ADAC-Starthilfe anfühlt, ist es eben genau das: ein Start.

Verschwitzt und vielleicht auch etwas verschämt, sitzen wir danach wieder auf dem Sofa in der Sonne und googeln weiter Hollywoodschaukeln. Zwischen uns höfliche zwanzig Zentimeter Couch. Seit wir das Bett verlassen haben, haben wir uns nicht mehr berührt.

»Wie ist die? Die ist doch lässig, oder? Und nur dreißig Euro!«

Ich schmecke Kurt noch im Mund, daher nicke ich nur, weil ich Angst habe, dass der Geschmack verfliegen könnte, wenn ich den Mund öffne.

»Gut, ist halt in Biesenthal, aber das geht ja schnell mit dem Auto. Ich ruf da mal an und frag, ob die noch zu haben ist. Vielleicht können wir sie nachher schon holen!«

Kurt brennt. Ich sollte erleichtert sein, ein Teil von mir ist es. Aber gleichzeitig ist die Entfernung zwischen uns plötzlich größer als vor dem Sex. Wir haben uns versehentlich auseinandergevögelt.

Kurt holt sein Telefon, und ich buddle den Lavendel endlich richtig ein, bevor er in der Mittagssonne zu viel Feuchtigkeit verliert. Kurts Jasmin blüht noch nicht, aber er steht wie ein Gockel zwischen lauter neuen Pflanzen, die ihn anzuhimmeln scheinen. Es wird eine gute Ecke werden, wenn erst mal jede Lücke zum ollen Nachbarzaun geschlossen ist und alles anfängt zu blühen. Der Jasmin ist erst im Juni dran, die Weigelie auch. Die Thuja blüht gar nicht, und so ist es bisher nur grün. Der Lavendel hingegen ist schon blassblau, dort, wo die Knospen seine winzigen Blüten noch festhalten. Aber bald werden sie sich befreien, und dann wird es hier aussehen wie in der Provence. Noch ist es eher Provinz.

»Ist es da nicht langsam voll genug? Ich glaube, du pflanzt zu dicht«, sagt Kurt, das Handy am Ohr.

»Ich will ja, dass es voll wird. Kurts Jasmin soll lauter coole Kumpels haben«, sage ich und beiße mir auf die Zunge. Wieder nachlässig am Rouletterad gedreht.

»Das ist nicht Kurts Jasmin. Du hast den gepflanzt«, sagt Kurt und ist nicht mehr warm von der Sonne. Ich schmecke Metall.

Im Auto hören wir alte Morrissey-Songs und diskutieren, ob man den jetzt noch gut finden darf, nachdem er so schlimmen Nazi-Mist im Spiegel gesagt hat. Eigentlich sind wir der gleichen Meinung: natürlich darf man. Aber ein bisschen schade ist es schon, dass der eh so verrückte

Steven Patrick es einem immer so schwermacht. Wir waren vor Jahren mal in der Zitadelle Spandau auf einem Konzert. Es gab lauter Stände mit veganem Essen und guten Zwecken und es kam exakt gar keine Stimmung auf. Später hat sich Kurt geprügelt, weil mir irgendein Idiot erst ein Bier in den Rücken geschüttet und mir danach den Mittelfinger gezeigt hat. Ich fand das sehr romantisch.

Kurt ist plötzlich aufgekratzt. Er singt mit, trommelt mit den Fingern auf dem Lenkrad, mal im Takt, häufiger nicht. Während »Let me kiss you« läuft, ziehen Brandenburgs Bäume an uns vorbei. Wenn wir einen Rennradfahrer überholen, rufen wir, wie früher, als wir Kinder waren, »Friedensfahrer!«. Die Blüten der Forsythien welken langsam, aber noch dominiert ihr Restgelb neben dem neuen saftigen Mai-Grün alles.

»Wie geht es dir?«, frage ich.

»O.k.«, sagt Kurt schulterzuckend und dreht die Musik lauter. Wie viele dieser geschlossenen Türen ich wohl noch ertragen kann? Ich bin froh, dass die Bäume endlich Blätter bekommen, so dass man die Misteln nicht mehr sieht.

Wir erreichen die Adresse, die wir ins Navi eingegeben haben, und halten vor einem Zaun, der aus groben Holzbohlen zusammengenagelt wurde und aussieht, als würde man eine Ranch betreten. Es handelt sich aber nur um ein typisches Einfamilienhaus, grob verputzt und mit Rollläden, durch die man abends sicher bläuliches Fernsehlicht sickern sieht. Die kleine Grünfläche vor dem Haus wird mit einem Kreisregner gewässert, und ich nehme mir vor, mich noch etwas mehr in die Rasenpflege einzulesen. Obwohl Ostern bereits vorbei ist, baumeln an einem Rhododendron kleine, von der Sonne verblichene Plastikeier, die aussehen, als würden sie das ganze Jahr hier hängen. Mein Herz macht für einen kurzen Moment Pause, irgendetwas an dem so unspektakulären Bild erscheint bedrohlich, obwohl die Abendsonne friedlich durch den von uns aufgewirbelten Staub scheint. Irgendwo wird gegrillt, ich rieche Fleisch und Würste, irgendwer hat ein Radio an, und eigentlich ist alles so, wie man es liebt, wenn man Brandenburg liebt. Dennoch lauert hier Gefahr, und während Kurt den Kofferraum aufmacht und die Rücksitze seines Passats umklappt, erkenne ich sie: Unter dem Rhododendron liegt ein winziges Laufrad, rot und ganz nass von der Rasenbewässerung. Besorgt sehe ich zu Kurt, dessen lange Beine in einem Bauarbeiter-Dekolleté enden, während er sich in den Wagen beugt. Ich sehe einen Streifen seiner Unterhose, denke an den Moment, als sein schwerer Körper auf mir lag, und weiß nicht, was ich tun soll. Ich kann die Schaukel nicht alleine holen, ich habe gar keinen Kontakt mit den Besitzern gehabt. Ich kann Kurt auch nicht vorwarnen, denn was gäbe es schon zu warnen? Achtung Freund, hier wohnen *haltdichbesserfest:* Kinder! Vielleicht muss Kurt auch gar nicht gewarnt werden. Vielleicht werde ich einfach langsam verrückt vor lauter Unsicherheit und Sorge.

Kurt lässt den Kofferraum offen, zieht sich mit einem kleinen Hüpfer die Jeans hoch und geht auf das Holztor zu. Gerade als er klingeln will, kommt hinter dem Haus ein Mann mit Schubkarre hervor. Er winkt uns rein. »Thomas?«, fragt Kurt und schüttelt die Hand des Schubkarrenbesitzers, nachdem dieser »Jou« gesagt hat. Er legt den Arm um meine Hüfte, weil das eben die internationale Geste für *Wir gehören zusammen* ist und sagt:

»Kurt. Das ist Lena, meine Freundin. Danke, dass es so schnell geklappt hat!«

»Kein Problem, wir wollen die Schaukel ja auch schnell weghaben, wir brauchen den Platz. Wollt ihr was trinken?«

»Nee, danke«, beschließt Kurt, dass auch ich nicht durstig bin, aber mir ist es recht, ich will hier wieder weg. Noch stehen wir neben dem Haus, aber ich kann hören, wem das Laufrad gehört, das Kurt nicht gesehen hat. Ein zartes Mädchen, vielleicht zwei, höchstens drei Jahre alt, kommt vor sich hin plappernd und mit einer eigenen Schubkarre aus rotem Plastik hinter dem Haus hervorgewatschelt. Sie trägt ein rosafarbenes Langarmshirt und einen sandigen Schlüpfer über der verdächtig tief hängenden Windel.

»Was anziehen sollst du dir, hab ich gesagt, Marlene!«, sagt Thomas, die Worte klingen harsch, aber sein Gesicht ist sanft und voller Liebe. Marlene ignoriert ihren Papa und stolpert geflissentlich an ihm vorbei, um uns den Inhalt ihrer Schubkarre zu zeigen: »Püppis.« Das ist nur die halbe Wahrheit, denn die Schubkarre ist voller Einzelteile. Nackte Stücke von Püppis. Köpfe, Arme, Torsos und ein einzelner Puppenschuh liegen in der Schubkarre und kullern traurig durcheinander. Es sieht aus wie menschlicher

Fleischsalat, denke ich und sage: »Ja! Püppis!«, weil ich auch nicht so recht weiß.

Kurts Lippen werden schmal, er geht einen Schritt von uns weg und lässt dabei auch meine Hüfte los. Er sieht Thomas mit farblosen Augen an und fragt: »Kann ich sie mal sehen?«

»Klar, deshalb seid ihr ja hier, wa?«, erwidert Thomas freundlich und führt Kurt hinter das Haus. Ich bleibe bei Marlene und dem Puppenhorror. Aus unterschiedlichen Gründen haben wir beide keinen Smalltalk drauf, also stehen wir eine Weile rum und sehen in die Schubkarre. »Püppis!«, sagt Marlene noch mal und dreht sich um, die Windel hängt ihr fast zwischen den Knien, aber das Kind hat einen Auftrag, weshalb sich also mit Äußerlichkeiten aufhalten.

Als ich um das Haus gehe, sehe ich Kurt an einem Monstrum von Hollywoodschaukel stehen.

»Komm her, Lena. Setz dich mal drauf. Ist geil, oder?«

Ich setze mich auf die Schaukel, Marlene behalte ich im Blick wie einen Hund, der mir nicht geheuer ist. Ich versinke in den dicken, geblümten Polstern und sehe nach unten, wo meine Beine kaum den Boden berühren, so tief sitze ich in der riesigen Schaukel. Ich schaukle vorsichtig an. Es quietscht aus allen Scharnieren und Federn und Schrauben-Muttern-Verbindungen, und während Thomas sagt: »Das musste nur mal vernünftig ölen«, schaukle ich für einen Moment nicht hier, sondern mit Oma Inge in der Schorfheide. Ich schaukle an meiner vierjährigen Schwester vorbei, an Papa, der die Ost-taz liest, an Mama, die in einem Beet hockt und über irgendetwas lacht, und dann nahtlos durch verschiedene Weihnachtsfeste und Geburtstage und Einschulungen und Osterfeste meiner Kindheit.

»Lena?« Kurt schüttelt mich sanft an der Schulter und fragt: »Alles o. k.?«

Beschämt merke ich, dass ich nicht nur eine Weile untergetaucht war, sondern auch Wasser mit nach oben gebracht habe, schnell wische ich mir die paar Tränen unter den Augen weg und sage: »Alles o. k. Hab nur geträumt.« Thomas ist in der Garage verschwunden, um Werkzeug zu holen, mit dem die Schaukel passattauglich auseinandergenommen werden kann, und Kurt prüft die diversen Verbindungen.

Dann kommt eine recht junge Frau aus dem Haus, sie hat hennarotes Haar und strahlt eine grundsätzliche Zufriedenheit aus, die mich neidisch macht. Ihr ganzer Körper scheint entspannt und irgendwie weich, an der Hand hält sie einen Jungen in Kurts Alter. Er sieht verquollen aus. Vielleicht hat er geschlafen. Oder geweint. Ich denke, schade, wir hätten vielleicht alle gute Freunde werden können, aber dazu wird es nicht kommen, denn was Kurt bei der kleinen Marlene noch ignorieren konnte, ist jetzt stärker als er, und ich kann sehen, wie hinter seinen Augen plötzlich Schmerzen durch seinen Kopf kreischen. Also nehme ich die Polster der Schaukel, drücke sie ihm in die Hand und schicke ihn zum Auto, während ich anfange, mit einem Schraubenschlüssel von Thomas das Gestänge zu lösen.

Wir müssen hier weg.

Bitte bilden Sie eine Rettungsgasse.

»Tut mir leid.«

Auf dem Feld hinter Wensickendorf steht ein Storch, und ich freue mich, vor allem deswegen, weil ich es als Kind so beigebracht bekommen habe. Dass es etwas Besonderes ist, einen Storch zu sehen. Ich habe schon viele ehrfürchtige *Ohs* und *Ahs* an Störche vergeben.

»Was?«, fragt Kurt.

Er sieht den Storch nicht, seine Augen sind auf die Straße vor ihm gerichtet.

»Das gerade eben. Der Junge.«

Kurt schweigt. Ich blicke wieder aus dem Seitenfenster und hoffe auf ein paar Rehe, es sind aber keine zu sehen. Oder mein Blick reicht nicht weit genug.

Weil Kurt weiter schweigt, wende ich mich von dem Feld ab, das jetzt eh von Schmachtenhagen-Ost und dann Wald abgelöst wurde, und lege Kurt eine Hand zaghaft in den Nacken. Normalerweise würde er jetzt den Kopf nach hinten legen, um den Kontakt zu verstärken. Dann würde er die Hand auf mein Knie legen. Aber es ist nichts normal, also funktioniert auch unsere Auto-Choreographie nicht, und meine Hand liegt wie ein toter Fisch in Kurts Nacken.

»Die Schaukel ist aber toll. Genau wie die von meiner Oma. Und sie muffelt nicht. Wir müssen nicht mal die Polster waschen.«

Kurt nickt, und ich tue so, als wäre das ein freundliches Entgegenkommen an meine Hand in seinem Nacken.

Im Fernsehen läuft irgendein Fernsehfilm ohne Ton, wir hören eine Playlist mit Coversongs auf meinem Computer, und Kurt sitzt aufrecht und mit nacktem Oberkörper vor mir auf einem Küchenstuhl, um die Schultern eins unserer alten Handtücher.

»Richtig kurz oder nur die Spitzen?«, frage ich und kämme zum wiederholten Male durch sein nasses Haar.

»Kein Ahnung. Was findest du besser?«

Ich überlege.

»Ist mir egal. Worauf du Lust hast. Und gern im Rahmen meiner Friseurfähigkeiten.«

»Ach, mach erst mal nur die Spitzen, zwei Zentimeter oder so, und dann sehen wir mal. Ich will nichts, wofür man sich danach ständig Mühe geben muss.«

Ich nicke und fange an.

»Musst du gerade viel arbeiten?«, fragt Kurt nach ein paar stillen Minuten, wobei still waren sie nicht, denn A. C. Newman singt AHAs »Take on Me«, was einer der berührendsten Coversongs ever ist, daher ist Schweigen angemessen.

> We're talking away
> I don't know what
> I'm to say
> I'll say it anyway
> Today's another day to find you
> Shying away
> I'll be coming for your love, okay?

»Nein. Also ich habe zwei Interviews, die ich transkribieren muss, aber die haben Zeit. Warum?«

»Ich dachte, vielleicht wäre es gut, wenn wir mal wegfahren. Irgendwohin. Vielleicht an die Ostsee. Nur ein paar Tage. Was meinste?«

Mein Herz springt, und ich nehme die Schere von Kurts Kopf, damit ich ihn nicht versehentlich verletze.

»Du könntest ja notfalls auch dort die Interviews abhören, oder? Und ich bin Ende der Woche mit dem blöden Pitch durch, und dann könnten wir für zwei oder drei Tage einfach mal abhauen.«

Ich traue mich kaum zu atmen, so groß ist die Angst, kaputtzumachen, was sich hier gerade aufbaut. Die Möglichkeit, weg zu sein, aber mit Kurt.

»Klingt toll«, sage ich, denn mit diesen zwei Worten kann ich ja unmöglich etwas zerstören.

»Jana könnte …«, fängt Kurt an und bricht ab. Adrenalin flutet meinen Oberkörper, mir wird heiß, meine Hände werden nass und frieren hinter Kurts Kopf ein.

»Ich schau gleich mal, ob es irgendwas Günstiges auf HRS gibt«, sagt Kurt, als hätte er eben nicht einen Satz abgebrochen, der auf so viele schlimme Arten hätte enden können. Wollte er *Kurt nehmen* sagen? Hat Kurt für einen furchtbaren Moment Kurt vergessen? Oder eben nicht vergessen?

A. C. Newman wird von Ben Folds und »Bitches Ain't Shit« abgelöst, und das ist gut, denn dieser Song ist nicht gefährlich. Er kann niemandem weh tun. Während meine Hände langsam wieder auftauen und sich samt Kamm und

Schere wieder zurück an Kurts Haar wagen, geht mein Atem noch flach. Ich entspanne mich erst, als Kurt leise, dann lauter mitsingt.

I'm back to the motherfucking county jail
6 months on my chest, now it's time to bail
I gets released on a hot sunny day
My nigga D. O. C. and my homie Dr. Dre

ch träume von Lärm. Einem entfernten Grollen. Ein
Gewitter, vielleicht ein Feuerwerk. Es macht mir keine
Angst, es ist nur unangenehm, kein schönes Geräusch. Es
stört mich bei irgendetwas. Ich werde wach, ganz langsam, und ärgere mich. Von einem Traum aufgeweckt zu
werden ist unfair.

Je wacher ich werde, desto lauter wird das Gewitter. Nur
dass es gar nicht donnert. Es ist auch kein Feuerwerk. Es
kracht und hämmert und splittert. Mein Körper vollzieht
eine träge Verwandlung von Müdigkeit und dem nagen-
den Gefühl, gestört zu werden, zu leichter Verunsiche-
rung, dann Panik. Der Lärm kommt aus dem Haus. Er ist
real und viel zu gewaltig, um nicht beunruhigend zu sein.
Ich treffe den Schalter der Nachttischlampe erst beim
vierten Versuch, bemerke, dass Kurt nicht im Bett ist, und
dann überlege ich mir keine Erklärungen mehr, sondern
laufe in Richtung des Lärmes und, hoffentlich, Kurt.

Die Luft im Flur ist staubig, die Tür zum Bad nur ange-
lehnt. Kurt sitzt inmitten von Dreck und Schutt und zer-

borstener Keramik und weint. Er trägt nur Boxershorts, ich erkenne sie wieder, vor wenigen Stunden habe ich sie ihm ausgezogen. Ströme von Tränen haben breite Linien über sein geschwollenes, staubiges Gesicht gezogen, dicker, klarer Rotz läuft ihm über Mund und Kinn. Er schluchzt lautlos und sieht erst mich, dann Hammer und Meißel in seinen Händen an. Er blutet. Ich kann nicht sehen, woher genau das Blut kommt, es ist nicht viel, aber es leuchtet auf dem weißen Mann. Er wird sich entweder beim Abschlagen der Fliesen verletzt haben oder weil er mit der bloßen Hand irgendwo gegen gehauen hat. Immer und immer wieder.

Waschbecken, Toilette und Wanne sind intakt, aber der Rest des Bads ist unter zerborstenen Fliesen, altem Fliesenkleber und Putz verschüttgegangen. Ich sehe Zipfel der Handtücher, mein Morgenmantel liegt in der Wanne. Kurt hat das Bad nicht ausgeräumt. Er hat einfach losgelegt. Während ich überlege, ob er betrunken ist, beginnt Kurt wieder gegen die Wände zu schlagen. Er benutzt den Meißel gar nicht, den hält er nur fest, weil er irgendwie dazugehört, er schlägt einfach immer wieder mit dem Hammer gegen die Fliesen, bis sie aufgeben und platzen und runterfallen. Wie Kurt.

»Kurt?«, sage ich und kann mich nicht bewegen.

Er schüttelt den Kopf und prügelt weiter auf die Wand ein.

»Kurt!«, sage ich lauter, und: »Hör auf!«

»Ich mache das Bad neu. Das wolltest du doch. Neue

Fliesen. Die alten sind scheiße. Wenn ich das selbst mache, kostet es nichts.«

Er sagt das ganz ruhig, eigentlich sogar recht überzeugend, würden dabei nicht neue Tränen den schon abgetretenen Pfad entlanglaufen.

»Aber doch nicht so! Das muss man doch planen!«

Ich fühle mich langsam ein bisschen hysterisch, daher nimmt mein Hirn einen eher administrativen Ausweg, und ich denke an alles, was hier falsch läuft: Wir brauchen einen Container für den Schutt, wir haben doch noch gar keine neuen Fliesen, geschweige denn Ahnung, wie man die anbringt, und das Bad kann doch nicht so lange unbenutzbar sein! Wir haben doch nur das eine! Kurt fängt an zu zittern, er schiebt mit dem Meißel Steinbrocken auf dem Boden hin und her.

»Kurt. Leg mal kurz den ganzen Kram hin!«, sage ich sanft und knie mich hinter ihn, um ihn zu umarmen. Er schüttelt mich ab und beginnt wieder auf die Wand zu schlagen, an der schon gar keine Fliesen mehr sind, nur noch Reste von Kleber und Putz. Kleine Brocken treffen meine Beine.

»Nein, Mann! Du wolltest das doch! Die ganze Zeit meckerst du über die beschissenen Fliesen und dass die dich nerven und dass neue Fliesen gar nicht so teuer sind, und scheiße, jetzt mach ich das, und es ist wieder nicht richtig?«

Die letzten Worte kann ich kaum verstehen, weil Kurt jetzt laut schluchzt. Er heult. Nicht auf die Art, wie man das Wort oft als Beschimpfung für Weinen benutzt, sondern wie ein Tier in einer Falle. Guttural und heiser und so schmerzhaft, dass ich mich kurz anlehnen muss, weil es kaum zu ertragen ist. Seine Schultern heben und senken sich krampfhaft, und er schlägt immer härter mit dem Hammer auf die Wand, so dass auch Fliesenkleber und Putz langsam aufgeben und ich mich frage, was wohl dahinter kommt. Rohre? Elektrische Leitungen?

»Kurt! *Kurt!!!* Hör auf, verdammt nochmal!«

Ich schreie inzwischen. Um gehört zu werden, aber auch, weil ich nicht mehr kann. Vielleicht habe ich jetzt einen Nervenzusammenbruch, denke ich, dann sehe ich plötzlich nichts mehr und fürchte, von einem Splitter im Auge getroffen zu sein. Aber es sind nur Tränen. Ich versuche erneut, Kurt zu umarmen, seine staubigen Arme für nur eine Minute an seinen Körper zu drücken und von der Arbeit abzuhalten. Ich schaffe fünf Sekunden. Fünf Sekunden, in denen Kurt aufzugeben scheint, sich in mich hineinfallen lässt, nur atmet. Er lehnt den bebenden Rücken an meine nackte Brust, seinen Kopf an meinen Kopf, und für eine kurze Zeit sehen wir aus, als würden wir ein romantisches Selfie am Strand machen, aber dann hat Kurt sich genug ausgeruht und schüttelt mich ab, als wäre er aus einer peinlichen Trance erwacht. Ich kippe nach hinten und spüre, wie sich kleine Stücke Schutt in meinen Hintern bohren, meine Hände stützen sich auf irgendetwas Scharfem auf, und Kurt nimmt die Arbeit wieder auf.

»Fuck! Kurt! Hör bitte auf! Du machst mir Angst, verdammt nochmal!«

»Es geht hier aber zur Abwechslung mal nicht um dich, Lena, verstehst du das?«

Kurt schreit die Worte und spuckt dabei.

Und dann gehe ich zurück ins Bett.

Im Radio läuft irgendwas Aktuelles, Fröhliches. Bruno Mars oder Ed Sheeran oder irgendeiner dieser niedlichen, jungen Männer, die Niedliche-junge-Männer-Musik machen. Er singt was von »Happy Place«, und ich schließe die Augen. Gauger und Kurt sitzen vorn und reden kaum. Ich sitze wie ein Kind auf dem Rücksitz und sehe Oranienburg an mir vorbeiziehen. Die ewig lange Bernauer Straße mit ihren kleinen, unattraktiven Läden, Nettos und Chinaimbissen. Eine Sparkasse, die Deutsche Bank, Fernsehtechnikläden, die vermutlich schon immer hier waren und »American Nail Art«-Shops, die der Westen, vor allem aber die Zweitausender Jahre gebracht haben. Das Schloss, das aussieht, als würde es nicht hierhin gehören, als hätte man es sich für einen wichtigen Anlass aus Potsdam geliehen und dann hier vergessen. Den Bötzower Platz, der mich jedes Mal an Berlin erinnert, wo ich mit Anfang zwanzig ein paar Jahre lang im Bötzowviertel gewohnt habe. Ich bekomme Heimweh. Oder nur Weh, ich kann es dieser Tage nicht mehr so richtig unterscheiden. Jedenfalls singt Bruno Sheeran Derulo von einem glücklichen Ort, und im Kreisverkehr Richtung Germendorf schließe ich die Augen.

»Müssenwa ma kieken, wat dit kostet, jenau wees ick dit ooch nich, aber wird schon nich die Welt sein«, sagt Gauger und verlässt den Kreisverkehr etwas zu schwungvoll, so dass mein Kopf gegen die Scheibe knallt. »Tschuljung«, sagt er und sieht mich im Rückspiegel an. Kurt sieht weiter nach vorn und pult unbewusst an seinen wunden, noch nicht verschorften Knöcheln rum.

»Ja egal, Hauptsache, wir werden den Kram los«, sagt er.

Gauger hat heute früh geholfen, den ganzen Schutt auf seinen Anhänger zu schaffen. Wortlos sind die beiden Männer zwischen Auto und Badezimmer hin und her gelaufen, in jeder Hand eine IKEA-Tasche voller Fliesenleichen. Ich habe abwechselnd Kaffee gekocht und im Garten gearbeitet. Eigentlich habe ich mich im Garten versteckt. Die Stimmung ist unerträglich: fragil und irgendwie verkatert, gleichzeitig merkwürdig giftig.

Als ich aus einem überraschend tiefen Schlaf aufgewacht war, war Kurt nicht im Bett, das Haus still. Ich hatte mich minutenlang nicht unter der Decke hervorgetraut, in der Hoffnung, dass irgendwer für mich entscheidet, wie wir jetzt weitermachen sollen. Mit dem kaputten Bad und dem kaputten Kurt. Als ich leise Küchengeräusche hörte, klaubte ich meine im ganzen Zimmer verstreute Kleidung zusammen, zog mich an und ging nach unten.

Wie eine gute Ermittlungsbeamtin am Tatort sah ich lauter Dinge auf einmal: das Sofa mit zerwühlten Kissen und der Grobstrickdecke, die halb auf dem Boden lag. Auf dem Beistelltisch eine Flasche von Gaugers Obstler, einen vollen Aschenbecher, blutige Taschentücher. Kurt hatte hier unten geschlafen. Es roch nach Kaffee und Aufbackbrötchen, aber das Frühstück, das Kurt machte, war keine warme Geste. Eher ein Programmpunkt. Kurt schien frisch geduscht oder zumindest sehr sauber, und ich fragte mich, wie er das geschafft hatte, das Bad gab das ja eigentlich nicht mehr her.

»Hey«, sagte er und stellte frischen Filterkaffee auf den Tisch. Daneben Zucker und Kaffeesahne. Ganz schwer fühlte sich diese vertraute Geste an, die Erinnerung an *unseren* Kaffee, der plötzlich nur noch Platzhalter war.

»Hey«, sagte ich und setzte mich.

»Ich hab bei Gauger geduscht. Er kommt gleich, und dann fahren wir den Schutt nach Germendorf zur AWU. Danach kaufen wir im Baumarkt Fliesen und den ganzen Kram. Gauger hilft uns, er hat sein Bad auch selbst gefliest. Morgen, spätestens übermorgen ist das dann durch.«

Er sah mir nicht in die Augen. Er blickte einfach geschäftig über den Tisch, als suchte er die Butter, die genau vor ihm stand.

»Ich hab schon gegoogelt: Im Globus gibt es große, weiße Wandfliesen für 8,99 Euro den Quadratmeter. Schöne Bodenfliesen sind natürlich teurer, aber davon brauchen wir auch weniger. Sehen wir uns dann vor Ort an, würde ich sagen.«

Ich rührte in meinem Kaffee und nickte. Ich traute mich nicht zu sagen, dass wir einen Kurzurlaub jetzt wohl knicken können, wir haben einfach nicht genug Geld für Fliesen und die Ostsee.

Während Kurt sein Brötchen schmierte, beobachtete ich ihn heimlich und suchte nach irgendetwas Tröstlichem, aber sein Gesicht war hart. Nur seine geschwollenen und noch leicht geröteten Augen erinnerten an den schluchzenden Kurt von der vergangenen Nacht.

»Kurt, wir sollten darüber reden. Du hast mich …«

»Ja. Aber nicht jetzt. Nicht heute«, unterbrach er mich, den Blick auf sein Brötchen gerichtet. »Heute kümmern wir uns um das Bad. Ich will nicht noch mal bei Gauger duschen müssen. Er hat Sport-Duschgel. Ich rieche, wie eine Axe-Werbung aussieht.«

Also klammerte ich mich an seinen eigentlich armseligen Duschgel-Witz und war bereit, das *Was nun?* etwas aufzuschieben. Er hatte ja recht. Wir mussten uns schnell um die andere Baustelle kümmern.

Der Schutt wurde in Gaugers Anhänger verfrachtet, Schock und Schmerzen unter dicker Haut versteckt, und jetzt fahren wir unser altes Bad zum Kleinanlieferbereich der Abfallwirtschafts-Union in Germendorf und hören unangenehm gutgelaunte Musik. Kurz bevor der Baumarkt kommt, verweist ein Straßenschild darauf, dass es links in Richtung Eden geht. Kurt und ich wollten immer mal ein Foto davon machen, weil es so schön, so romantisch klingt. Einfach irgendwo abzufahren und in Eden zu sein. Gauger fährt geradeaus.

Die beiden setzen mich am Baumarkt ab, wo wir uns wieder treffen wollen, wenn sie den ganzen Schutt am Kleinanlieferdings abgeladen haben. Ich kaufe ein paar Flaschen Mineralwasser im Netto und ein bereits gekochtes Mittagessen für drei beim Baumarkt-Fleischer. Ich verfrachte alles in einen großen Einkaufswagen und schiebe ihn lustlos durch die Fliesenabteilung. Die 8,99-Euro-Fliesen, die Kurt online gesehen hat, sind tatsächlich schön: schlicht, groß, weiß und matt. Bodenfliesen kosten das Dreifache und überfordern mich. Ich biege in die Gartenabteilung ab und schlendere mit dem ratternden und immer wieder nach links ausbrechenden Wagen durch die aufgestellten Pflanzenreihen. Eine traurige Weigelie, recht groß, aber dürr, ist im Sale, ich wuchte sie in den Wagen, ohne das Kassler zu zerquetschen. Die Buschrosen sind eigentlich zu teuer, aber eine Sorte heißt »Disco«, und deswegen muss sie mit. Kurt ruft an und fragt: »Wo bist du? Wir sind bei den Fliesen. Kommste?« Er klingt immer noch kühl und geschäftsmäßig, also sage ich nur »Ja«, lege auf und mache mich auf den Weg.

»Wo ist Gauger?«, frage ich, als ich Kurt die Wandfliesen auf den Wagen wuchten sehe.

»Er holt den Kleber und was man sonst noch braucht. Hilf mal!«

Ich habe keine Ahnung, wie viele Pakete wir benötigen, also wuchte ich einfach mit, bis Kurt durchzählt und »Reicht« sagt. Wir ertragen die Anwesenheit des anderen nicht gut, daher entscheiden wir uns schneller, als wir es sonst täten, für quadratische Bodenfliesen aus taupefarbenem, leicht strukturiertem Feinsteinzeug. Sie erinnern sehr entfernt an Holz und sind recht hübsch, übersteigen unser Budget aber erheblich. Wir reden nicht drüber. Es macht keinen Sinn, ein hässliches Bad durch ein nur etwas weniger hässliches zu ersetzen, nur weil wir uns mit dem Zeitpunkt der Sanierung etwas, nun, vertan haben.

»Heute wird gelebt!«, sagt Kurt, aber nur die Worte sind leicht, Kurt bleibt schwer.

Die Weigelie passt gut zwischen Jasmin und die alten Forsythien. Ich bin stolz, weil ich die Größe richtig eingeschätzt und uns bald gänzlich von den uns vollkommen fremden Nachbarn abgegrenzt habe. Gleichzeitig sehe ich immer mehr kleinere Lücken, an denen der Maschendrahtzaun noch durchscheint. Ich muss bald wieder zum Baumarkt, ich will, dass alles dicht ist.

Kurt und Gauger kommen staubig und mit Bierdosen in der Hand aus dem Haus und rauchen an die Hauswand gelehnt, dann reden sie kurz, verschwinden rüber auf Gaugers Grundstück und kommen mit einem alten geblümten Sofa zurück. Sie schleppen es, beide die Kippen wie Cowboys im Mundwinkel hängend, durch unseren Garten, die drei Stufen zur Terrasse rauf und lassen es neben der Haustür fallen. Es kracht auf den alten Steinboden und ächzt, als die Männer sich darauf fallen lassen. »Terrassensofa!«, sagt Kurt zufrieden und stößt mit Gauger an. Die Bierdosen machen ein hohles Geräusch, als sie sich berühren.

Wir riechen beide nach Gaugers Sport-Duschgel, als wir erschöpft auf dem Sofa sitzen. Ich hatte gehofft, in der fremden Dusche auch Damenseife, notfalls mit Kokos-Vanille-Duft zu finden, aber Andrea, Gaugers Frau, hat ihre Beautyprodukte wohl oben im Familienbad.

»Was ist mit dem Sofa auf der Terrasse?«, frage ich

Kurt. »Gehört das Gauger? Bleibt das da? Ist das nicht eklig?«

»Ja«, beantwortet Kurt alle drei Fragen.

»Was, wenn es nass wird? Das fängt doch an zu schimmeln.«

»Dann stellen wir es eben unter das Vordach.«

Kurt dreht seine Zigarette sehr langsam. Er ist angespannt.

»Da kann es aber auch zumindest feucht werden. Will er es denn nicht zurück?«

»Nein.«

Man sollte seine Kämpfe sorgfältig wählen, daher entscheide ich mich gegen diesen und für den anderen, wesentlichen.

Ich hole Eis aus dem Tiefkühlschrank, wieder die günstige Netto-Eigenmarke, aber bei Schokolade kann man nicht so viel falsch machen.

»Wann ist es fertig, das Bad?«, frage ich und versuche mit einem Grapefruitlöffel das harte Eis zu zersägen.

»Aufs Klo gehen kann man schon morgen, Aber mit Duschen müssen wir noch warten, bis auch das Silikon trocken ist. Katzenwäsche sollte aber gehen.«

Ich nicke und stochere in dem Eis rum.

»Wegen letzter Nacht …«, beginnt Kurt und stockt.

Zur Ermunterung reiche ich ihm das Eis und einen eigenen Grapefruitlöffel.

»Ich …. fuck. Keine Ahnung. Ich wollte dir keine Angst machen.«

»Du hast mir keine …«

»Lass mich das mal sagen, Lena. Es fällt mir eh schon schwer.«

»Ja. Entschuldige.«

Ich setze mich auf meine Hände, damit sie keinen Quatsch machen, während Kurt weiterspricht.

»Ich wollte dir keine Angst machen. Ich will nicht, dass es dir schlechtgeht. Aber ich habe überhaupt keine Kontrolle über diese beschissene Traurigkeit. Verstehst du? Ich fühle mich, als hätte mich ein Gefühl gekidnappt und in einen Keller verschleppt. Es gibt Tage, da ist es besser, da kann ich in diesem dunklen Keller kurz aus dem Fenster sehen. Aber dann sehe ich da eine Welt ohne Kurt und will gar nicht mehr rausgehen. Und gleichzeitig bist natürlich auch du da draußen, und dich will ich, aber ich hab keine Kraft. Ich habe es schon am Telefon gesagt: Du fehlst mir auch. Sehr sogar. Aber du bist da draußen, wo Kurt nicht mehr ist, und ich bin in diesem Keller gefangen. Ergibt das halbwegs Sinn?«

»Kann ich nicht mit dir zusammen in dem Keller sein?«, frage ich, nachdem ich über dieses verstörende, aber einleuchtende Bild nachgedacht habe.

»Nein! Es ist furchtbar in dem Keller. Du solltest da nicht sein. Ich will nicht, dass du da drin bist.«

Kurts Augen werden erst glasig, dann produzieren sie Tränen.

»Aber wie finden wir dann zueinander, wenn du nicht rauswillst und ich nicht reindarf?«, frage ich ihn leise, und eine meiner Hände schummelt sich vorsichtig unter meinem Po hervor, um sich auf Kurts verschränkte Beine zu legen.

»Ich weiß es nicht!«, poltert Kurt. »Ich habe keine verdammte Ahnung! Es ist so schwer alles! Wirklich alles: Allein das Atmen ist an manchen Tagen pure körperliche Arbeit, für die ich keine Kraft habe.«

Kurt ist ganz zusammengefallen in seinem Schneidersitz. In den Haaren hängen noch winzige Reste von Fliesenkleber, seine Hände umklammern das Eis und den Grapefruitlöffel. Aber er sieht mich an. Er ist voll und ganz bei mir. Also wende ich den Blick nicht ab, streiche über sein Knie und sage: »Lass mich helfen. Bitte! Ich weiß, es geht nicht um mich, aber …«

»Doch! Doch, verdammte Scheiße! Es geht auch um dich! Ich meinte das gestern nicht so, es ist totaler Bullshit, so etwas zu sagen. Es geht um dich! Und um uns. Ich weiß nur einfach nicht, wie ich das alles schaffen soll.«

Es ist nun über zwei Monate her, dass Kurt vom Klettergerüst gefallen ist, und ich habe seinen Vater nicht ein Mal so verzweifelt gesehen. Er war es sicher unzählige Male, aber nie so offen vor mir.

»Alles ist plötzlich kaputt! Kein Kurt mehr, Jana, die ganz heimlich mit ihrem Baby vereinsamt, wir zwei. In jede Richtung Trümmer und Schmerzen, und ich sitze in diesem blöden Keller fest und sehe zu.«

Ich nehme Kurt das Eis und den Löffel ab und robbe ihm entgegen. Ich denke nicht darüber nach, frage mich nicht, welche Intensität nun angebracht wäre, ich umarme ihn einfach, und Kurt lässt es nicht nur geschehen, sondern drückt mich zurück, fester sogar als ich ihn.

»Es tut mir leid, Lena! Wirklich!«, weint er in meine Halsbeuge. »Ich möchte das so gern anders machen, besser, aber ich kann einfach nicht. Immer, wenn ich es versuche, erwischt es mich aus irgendeiner Richtung, aus der ich es nicht mal kommen sehe.«

Ich spüre, wie mein Hals nass wird, und umarme Kurt noch fester.

»Er fehlt mir so sehr! Manchmal schlafe ich in seinem Bett. Ich wette, das ist das Dümmste, was man in so einem Moment machen kann, aber näher als das werde ich ihm nie wieder sein. Das ist *so* furchtbar!«

Kurts ganzer Körper wird durchgeschüttelt, als würde er in einer Kutsche über Kopfsteinpflaster fahren, ich kann ihn kaum verstehen durch all die Flüssigkeiten, die sein Gesicht verliert.

»Wie machen andere Menschen das? Wie kriegen die das hin, nicht einfach verrückt zu werden oder aufzugeben?«

»Ich weiß es nicht, Kurt. Ich schätze, sie holen sich Hilfe.«

Kurt lässt mich vorsichtig los und sieht sich nach einem Taschentuch um. Auf dem Tisch liegen noch die inzwischen getrockneten, blutigen Knäuel der letzten Nacht. Ich reiche sie ihm, und er macht sie wieder nass. Kurt versucht, seine Fassung wiederzuerlangen. Von mir aus müsste er das nicht, wenn es nach mir ginge, dürfte er für immer alles rausweinen, aber vielleicht ist er auch schon leer. Nachdem er zum dritten Mal die Nase geschnaubt hat, atmet er tief ein und aus und fragt: »Schnaps?« Ich bin kurz verwirrt: »Als Synonym für ›sich Hilfe holen‹? Oder hier und jetzt?«

Kurt lächelt und sagt: »Nee. Hier und jetzt. Soforthilfe quasi.«

»Ich bleibe beim Eis, danke.«

Kurt holt einen Whisky, den sein Vater uns zum Einzug geschenkt hat, und lässt sich wieder neben mich aufs Sofa fallen. Ich bin ein bisschen enttäuscht, dass das Eis inzwischen so weich ist, dass es den spitzen und so praktisch gezackten Grapefruitlöffel überflüssig macht, und rühre daher lustlos in dem Becher rum.

»Nix als Probleme, wa?«, sagt er leise lachend, küsst mich und bringt das Eis zurück in den Tiefkühler.

»Hast du mal an Therapie gedacht? Oder eine Selbsthilfegruppe oder so? Ich weiß, es klingt albern, aber das ist es, was Menschen in so einer Situation machen, denke ich.«

Kurt schüttelt den Kopf: »Ich weiß nicht. Wie sollte mir das helfen?«

»Ich hab keine Ahnung. Aber ich weiß auch nicht, wie einem Antibiotika helfen, sie tun es dennoch.«

»Will ich wirklich in einem Raum voller Eltern mit toten Kindern sitzen? Mir all diese Tode anhören? Macht es das nicht noch unerträglicher?«

Ich weiß zu schätzen, dass es keine rhetorische Frage ist, sondern dass Kurt mich tatsächlich zu Rate zieht.

»Kann schon sein. Aber vielleicht hilft es auch zu wissen, dass man nicht alleine ist. Dass andere Menschen die eigene Hilflosigkeit nachvollziehen können. Und zwar nicht, weil sie empathisch sind, sondern weil sie im gleichen Keller sitzen.«

Kurt denkt nach.

»Ich weiß nicht.«

»Was macht Jana denn?«

Es ist das erste Mal, dass ich so konkret nachfrage.

»Sie geht tatsächlich zu einer Therapeutin. Ich bin aber nicht sicher, ob es hilft. Sie spricht lieber mit mir.«

»Und du mit ihr«, ergänze ich, hoffentlich wertfrei.

»Ja. Natürlich. Uns ist dasselbe passiert. Mit demselben Menschen. Unserem Menschen. Wir verstehen genau, wie es dem anderen geht.«

Ich beiße mir auf die Zunge, um die offensichtliche Parallele zu der eben erwähnten Selbsthilfegruppe nicht aufzuzeigen, außerdem zieht Neid durch meine Eingeweide. Jana bekommt etwas, das ich nicht haben kann: Kurts Gefühle. Seine ungefilterte Verzweiflung. Aber zum ersten Mal frage ich mich, ob dies eventuell in meinem eigenen Interesse geschieht. Kurt will nicht, dass ich in seinen Keller komme. *Ich will nicht, dass du da drin bist!* Vielleicht geht es gar nicht darum, dass ich ihn in dem Keller störe, sondern darum, mich zu schützen. Vor dem Keller und vor der Person, die Kurt in dem Keller wird. Er hat Angst um mich.

»Und tut es euch gut? Dieses gemeinsam drüber reden?«, frage ich vorsichtig.

»Wenn ich ehrlich bin, war es am Anfang das Einzige,

das irgendwie ein wenig Linderung verschafft hat. Ach Mist, Lena, es tut mir leid!«, unterbricht er sich, als würde ihm erst jetzt bewusst, was er da sagt.

»Nein. Alles gut. Wirklich«, sage ich und warte darauf, dass er weiterspricht.

»Aber es ist merkwürdig geworden in den letzten paar Wochen.«

Kurt spielt nun mit einem feuchten Taschentuchbällchen herum und sieht auf seine wieder verschränkten Beine. Mein Puls steigt plötzlich, und ich bekomme Angst. Er muss es mir ansehen, denn jetzt reißt Kurt die verquollenen Augen auf und sagt: »Nicht, was du denkst! Es ist nichts passiert, wirklich!«

Ich schäme mich sofort für meine Unsicherheit.

»Ich hab gar nichts Konkretes gedacht. Ich höre nur zu«, behaupte ich und finde mich zum Kotzen.

»Anfangs haben wir einfach irre viel über Kurt geredet. Über früher, seine Geburt, all die Sachen, die er zum ersten Mal gemacht hat. Wir haben Fotos angesehen und geweint und Wein getrunken und uns irgendwie miteinander aufgehoben gefühlt. Weißt du, man kann anderen Menschen nur ein bestimmtes Maß an Traurigkeit zumuten. Irgendwann wird es allen zu viel und sie winden sich aus der Situation heraus, und dann fühlt man sich schlecht, weil man Fremde mit dem eigenen Leid so runterzieht. Und bei Jana ist das eben nicht so. Sie hat exakt die gleichen Gefühle. Da muss ich mich nicht schlecht fühlen. Und mich gleichzeitig nicht bemitleiden lassen. Das ist nämlich das andere: dass viele den Unterschied zwischen Mitleid und

Mitgefühl nicht kennen. So bin ich dauernd der arme Tropf, dem sein Kind weggestorben ist. Vor dem man nicht laut lachen darf, denn der hat ja einen toten Sohn. Mit dem man lieber keinen trinken geht, nachher fängt er an zu weinen. Weißte? Menschen haben Angst, in meiner Gegenwart gute Laune zu haben.«

Ich denke an meine eigenen Ängste im großen Russisch Roulette der Gefühle und sage: »Aber mir geht es auch so.«

Kurt ist irritiert: »Was meinst du?«

»Ich habe auch Angst, in deiner Gegenwart gute Laune zu haben. Oder selber traurig zu sein. Oder wenn ich ganz ehrlich bin: irgendein Gefühl zu haben. Weil sich jedes meiner Gefühle in der Gegenwart deiner Gefühle entweder zu klein oder irgendwie prätentiös anfühlt. Als würden deine Gefühle immer gewinnen.«

Kurt lacht bitter, aber nicht unfreundlich: »Du meinst, weil ich quasi den Scheiße-Jackpot gezogen habe?«

Ich sehe Kurt noch mal genau an, um sicherzugehen, dass ich ihn wirklich nicht verärgert habe, und sage dann: »Im Grunde ja.«

Kurt steht auf und geht in die Küche. Vielleicht bin ich zu weit gegangen, aber dann ist es eben so. Ich mache jetzt keinen Rückzieher. Aber Kurt kommt zurück, und er hält das Eis in der Hand: »Ist immer noch nicht grapefruitlöffelhart, aber schon besser«, sagt er und zaubert hinter seinem Rücken auch noch Sprühsahne hervor.

»Wieso haben wir Sprühsahne? So sind wir doch gar nicht!«

»Keine Ahnung«, sagt Kurt und setzt sich wieder.

Die kleine, weiße Plastikdüse ist von innen leicht schimmelig, und ich bin ein wenig enttäuscht. Meine Oma hat früher immer gesagt, dass das nicht bedeutet, dass die Sahne in der Dose schlecht ist, dass es reichen würde, die Düse auszuspülen, aber ich bin mir da nicht sicher, deswegen stelle ich sie einfach auf den Sofatisch neben Kurts nasse Tempos und löffle das Eis. Kurt sieht mir zu. Ungeschliffen und vollkommen freistehend lungert Zuneigung in seinem Gesicht rum. Kurt schaut aus dem Fenster seines Kellers und sieht mich. Für einen Moment nicht die Welt ohne seinen Sohn, sondern nur mich. Wir starren uns ein wenig ineinander fest, dann wird es merkwürdig und wir wenden unsere Blicke ab. Ich ganz verlegen und berührt, er ebenso verlegen, aber auch schuldig. Er würde nicht wollen, dass ich das sehe, aber ich tue es.

»Was ist mit Jana? Du hast gesagt, dass es anfangs gut war, was hat sich jetzt geändert?«

Kurt beginnt sich jetzt sichtlich unwohl zu fühlen: »Ich kann es nicht so genau benennen. Es ist irgendwie, ich weiß nicht, es hat sich was verschoben. Der Fokus.«

Ich bin nicht sicher, wie er das meint, warte daher ab.

»Es ist, als ob sie sich jetzt mehr auf mich konzentriert.«

Oh.

»Inwiefern?«, frage ich.

»Nun. Es ist nur ein Gefühl. Ich komme mir blöd vor, das zu formulieren. Vielleicht spinne ich auch nur. Aber es geht plötzlich mehr und mehr um mich, uns. Also sie und mich. Nicht um sie und mich und Kurt. Anfangs haben wir uns einfach gemeinsam an Kurt erinnert. Langsam verschieben sich ihre Erinnerungen aber auf uns als Paar. Ohne Kurt. Es ist irgendwie komisch, dir das zu erzählen.«

Jetzt ist er gestresst. Fährt sich durch das Haar, reibt sein Gesicht. Ich halte den Mund, sehe ihm zu und versuche mir vorzustellen, wie Jana ihn sieht.

»Es ist nicht so, dass sie mich, keine Ahnung, anmacht oder so. Aber sie spricht immer häufiger davon, wie wir uns kennengelernt haben, von gemeinsamen Urlauben, Weihnachtsfesten und so was. Sie ruft mich manchmal an, wenn irgendwas bei ihr im Haus gemacht werden muss.«

Unter normalen Umständen würde mich das nicht verunsichern. Ich bin grundsätzlich nicht eifersüchtig, hatte immer das Gefühl, dass ein Mensch, der sich aktiv und freiwillig für mich entschieden hat, nicht kontrolliert werden muss. Ich kann alles, was ich an Liebe und Sicherheit brauche, aus den klassischen Grundmauern einer Beziehung ziehen. Nur wohnt aber einer von uns gerade im Keller, und nichts ist normal. Für niemanden von uns. Daher umklammern meine Hände jetzt wieder heiß und schwitzig das Eis und machen es weich. Ich versuche mich zu sortieren, mich nicht wie ein Teenager von einer Kleinigkeit überwältigen zu lassen. Nicht Elefanten aus Mücken zu machen.

»Es ist schwierig«, fasst Kurt zusammen, trinkt seinen Whisky aus und lehnt sich mit geschlossenen Augen zurück.

»Möchtest du das?«, frage ich.

Kurt schweigt. Ich auch.

»Was?«, fragt er nach einer Weile.

»Dass sich Janas Fokus verschiebt. Auf euch.«

»Nein! Weshalb sollte ich das wollen?«, fragt Kurt.

»Ich weiß nicht. Vielleicht fühlt es sich gut an. Vielleicht tröstet es dich?«

»Du kapierst es nicht. Ich will nicht getröstet werden. Ich will nicht, dass der Fokus von Kurt weggenommen wird. Das wäre, als würde ich ihn vergessen.«

Kurts Fäuste sind geballt. Sie liegen wie Steine neben seiner Hüfte.

»Das meine ich nicht, Kurt. Das weißt du. Du sollst ihn nicht vergessen. Niemand soll ihn vergessen, und niemand wird ihn vergessen. Ich frage mich nur, was du brauchst. Damit *du* nicht vergessen wirst. Und wenn es das ist, was dir gerade guttut, dann möchte ich das wissen. Damit ich das unterstützen kann.«

Ich hasse es, dass ich klinge wie eine Therapeutin, aber ich finde einfach nicht mehr den richtigen Ton. Meinen Ton. Meine Rolle als Freundin ist unklar geworden. Je weniger ich versuche zu stören, desto mehr tue ich es. Und obwohl Kurt zugänglicher ist als in den ganzen letzten Wochen, nehme ich ihm plötzlich übel, was er aus mir macht: eine eingeschüchterte Version meiner selbst.

»Ich weiß nicht, was ich brauche. Nichts, was die Welt mir geben kann, vermute ich.« Er sagt es nicht trotzig, nicht wütend. Er stellt es einfach fest. Und dann steht er auf, gibt mir einen dieser neuen, egalen Küsse auf den Kopf und verlässt das Zimmer.

Der Flieder ist fast abgeblüht und sieht nun, von den trockenen Blütenleichen abgesehen, aus wie ein ganz normaler Busch: grün und ein bisschen beliebig. Erst jetzt merke ich, dass sich der Vorbesitzer unseres Grundstückes bei der Anlage des Gartens sehr auf Frühblüher konzentriert hat. Nach einem pilcheresken Mai richtet sich der Garten jetzt eher behäbig und farblos im Sommer ein. Das Gras wird dichter und dicker, die vor wenigen Wochen noch hellgrünen Blätter der Bäume und Sträucher sind nun selbstbewusster und dunkler. Die Blüten der Rhododendren werden braun und schlaff, einzig die Weigelie, die ich im Sale gekauft habe, flirtet wie verrückt mit rubinroten Blüten. Der Lavendel zu ihren Füßen versucht sich nicht so in den Mittelpunkt zu drängen und trägt seine blauen Blüten wie selbstverständlich. Kurts Jasmin tut sich etwas schwer. Das Internet sagt, dass er ab Juni blühen sollte, und er trägt mittlerweile zwar Blätter, aber die Blüten verstecken sich in noch kleinen Knospen.

Kurt und ich haben nicht mehr darüber gesprochen, zusammen ans Meer zu fahren. Nach seinem Pitch kam ein neuer, nach meinem Interview der nächste Artikel. Er ist weniger oft bei Jana, und wenn er es ist, bleibt er nicht mehr so lang. Und nie über Nacht. Er geht mindestens einmal die Woche in den Friedwald. Ich gehe nie mit, aber manchmal gehe ich alleine. Ich sitze dann vor Kurts Baum und mache nichts. Denke nicht, rede nicht. Einmal habe ich ein Eis gegessen. Kurt hätte das gefallen, ich hatte extra eins in Form eines Minions genommen. Ich hätte ihm gern eins mitgebracht, aber ich nahm an, es verstoße gegen die Regeln. Es ist, als hätten wir beschlossen, einfach weiterzumachen. Besser: so zu tun, als würden wir einfach weitermachen. Wir leben in einem Haus, das wir wegen Kurt gekauft haben, an einem Ort, den wir nicht für uns gewählt haben. Wenn wir einkaufen oder spazieren gehen, sehen wir aus, als hätte alles seine Richtigkeit. Als hielten wir keinen riesigen Elefanten zwischen uns an den Händen.

Ich habe Kurt gefragt, ob er weiter in Oranienburg wohnen möchte. Wo ihn alles an Kurt erinnert. Oder ob er zurück in die Stadt möchte.

»Mich erinnert überall alles an Kurt«, hat er gesagt, und er klang nicht nur traurig, sondern auch stolz.

»Macht es dich nicht verrückt?«, hat Laura gefragt. »All das Brandenburg ohne einen Grund?«

Aber erstaunlicherweise tut es das nicht. Brandenburg ist ein guter Freund: Es umarmt, ohne Fragen zu stellen, es lächelt freundlich und wissend und warm. Es tut nicht so, als wäre es etwas, was es nicht ist. Brandenburg ist einfach nur da und schenkt Liebe. No strings attached. Also haben wir vor zwei Wochen das Dach neu decken lassen, unsere Väter haben, entgegen der ursprünglichen Absprache, die vollen Kosten übernommen. Im Juli wollen wir den Boden neu machen. Kurts Zimmer bleibt unberührt. Seine Ecke im Garten ist die einzige, die blüht.

Ich bin gar nicht sicher, ob man mit zwei Sekt im Bauch noch Auto fahren darf. Ich bin auch nicht sicher, ob es unter diesen Umständen von Vorteil ist, dass es bereits nach Mitternacht ist: Die Straßen sind zwar angenehm leer, dafür ist es sehr dunkel. Die Holzkreuze an Brandenburgs Bäumen schweigen und haben eine eigene Meinung. Als ich das Ortsschild von Mühlenbeck in Richtung Wensickendorf hinter mir lasse, fällt mir auf, dass ich die ganze Zeit mit Fernlicht fahre. Vielleicht sind zwei Sekt tatsächlich zu viel. Der Wetterbericht von Radio eins sagt, dass es noch 18 Grad hat, also lasse ich das Fenster runter, schalte das Radio aus und mein Telefon an und suche The Frank and Walters. Auch etwas, was man nicht bei siebzig km/h tun sollte. Aber die Band singt, dass sie mich *after all* und nach allem *we've been through* immer noch liebt und dass, auch wenn durch die vielen Streits unsere Liebe *aside gepushed gets*, am Ende alles *alright* endet. Als ich auf unserer Sandstraße ankomme, haben The Frank and Walters mich bereits dreimal ihrer nie enden wollenden Liebe versichert, ich kurble das Fenster wieder hoch und parke das Auto vor dem Zaun auf der Straße, weil ich zu faul bin, das Tor zu öffnen.

Im Haus brennt Licht, Kurt ist noch wach. Ich schließe die Tür auf und rufe »Schatz, ich bin zu Hause!« und klimpere mit den Schlüsseln. Als keine Antwort kommt, gehe ich ins Wohnzimmer und wiederhole meinen Spitzenwitz, falls Kurt ihn nicht gehört haben sollte. Aber Kurt hat ihn gehört, ist jedoch zu sehr von seiner blutenden Augenbraue abgelenkt, um zu lachen. »Was ist passiert?«, frage ich und lasse den Schlüssel auf den Sofatisch fallen, um mir Kurts Gesicht anzusehen. Sein Auge ist rot und geschwollen, ein aus der Nähe betrachtet weniger bedrohlicher Schnitt läuft durch das Haar seiner Brauen und krustet langsam vor sich hin.

»Nichts«, brummt Kurt und starrt auf den Fernseher, auf dem irgendeine Dokumentation ohne Ton läuft.

»Ähm. Du blutest, und dein Gesicht sieht aus, als hätte es jemand zu fest geknetet.« Kurt sagt nichts und lässt den Fernseher nicht aus dem Blick. Frauen mit Tüchern in den Haaren sammeln Schutt einer zerstörten Stadt auf, ich nehme an, es handelt sich um Dresden, und lachen dabei, was ich erstaunlich finde. Mein Blick geht zurück zu Kurt, der weiterhin so tut, als wäre ich nicht im Zimmer.

»Kurt. Jetzt mal im Ernst: Was ist passiert? Du siehst scheiße aus. Hattest du einen Unfall? Wurdest du überfallen? Hast du dich geprügelt?«

Kurt zuckt mit den Schultern.

»Eins von den dreien?«, frage ich ungeduldig.

Wieder nur ein kurzes Zucken. Ich ziehe meine Jacke aus, werfe die Schuhe in die Ecke bei der Tür und mache mir einen Tee. Als ich mich aufs Sofa setze, hat Kurt den Fernseher ausgeschaltet und dreht sich eine Zigarette.

»So. Jetzt hast du genug rumgebockt, sag mal, was los war«, sage ich sehr bestimmt und verbrenne mir danach den Mund an meinem Tee.

»Prügelei?«, helfe ich dem immer noch stummen Kurt auf die Sprünge.

Er nickt.

»Mit wem? Und warum?«

»Gauger.«

»Was?« Ich bin ehrlich überrascht. »Hast du ihm gedroht, seine Schnapsbrennerei auffliegen zu lassen, oder wollte er sein Sofa zurück?«

Ich scherze, aber ich kann mir tatsächlich nicht vorstellen, was ausgerechnet diese zwei zu einer Schlägerei gebracht haben könnte.

»Haha.«

»Ich bin sehr lustig, ne? Ich habe auch schon zwei Sekt getrunken. Also. Was ist passiert? Lass es dir bitte nicht aus der Nase ziehen, dafür bin ich zu müde.«

Ich puste in meinen Tee.

»Ach, im Grunde ging es um nix.«

»Der Blutfleck auf der Couch ist da aber anderer Meinung.«

Kurt blickt schuldbewusst nach unten, findet aber keinen Fleck und sagt wieder: »Haha.«

»Ja, das hatten wir jetzt schon etabliert, dass ich die lustigste Frau im ganzen Haus bin. Jetzt sag endlich, was Sache ist.«

»Wir haben nur zu viel getrunken.«

»Und dann seid ihr beide gleichzeitig ausgerutscht und mit den Fäusten versehentlich gegen eure Köpfe geknallt?«

Kurt sieht mich angepisst an. Ich schweige.

»Irgendwie kam eins zum anderen. Wir haben irgendeinen neuen Grappa probiert, und dann kamen wir von einem Thema zum nächsten, und plötzlich waren wir bei Kurt, und das war mir dann zu viel.«

»Und dann hast du ihn geschlagen?«

»Nein. Nicht direkt. Irgendwie sind wir komisch aneinandergeraten. Eher so eine Art Schubsen und na ja, dann hatte ich irgendwann seine Faust im Gesicht.«

»Oh.«

Ich ziehe die Augenbrauen hoch, weil ich nicht weiß, was ich davon halten soll.

»Zu Recht?«, frage ich.

»Vielleicht«, sagt Kurt.

»Habt ihr euch wieder vertragen?«

»Wir haben noch einen Obstler getrunken.«

»Verstehe.«

Es ist ein merkwürdiges Bild, wie meine Schwester in ihrem kastigen Kleid von *Kaviar Gauche* oder *Lala Berlin* oder was weiß ich, neben Gauger am Grill steht und sich über die verschiedenen Sorten Fleisch aufklären lässt. Meine Mutter hingegen spricht mit Andrea, Gaugers Frau, und wedelt in der Luft rum, während Kurt mit unseren Vätern im Haus ist, um ihnen unsere Fußbodenpläne zu erklären. Gabi, Kurts Mutter, sitzt neben mir auf der Hollywoodschaukel und nippt an einem Glas Tetra-Pak-Sangria.

»Schön habt ihr es hier!«, sagt sie und schubst uns ein wenig mit dem Fuß an. Ich sehe mich um, als wüsste ich nicht, wie der Garten aussieht, und sage:

»Ja. Ich hatte keine Ahnung von Pflanzen und so, aber wenn man sich erst mal reinfuchst, macht es richtig Spaß.«

Gabi zeigt auf den Lavendel: »Wenn du die Blüten abschneidest, kommen mit etwas Glück noch mal welche. Und die abgeschnittenen kannst du überall im Haus aufstellen, das ist sehr effektiv gegen Spinnen.«

Ich lächle und mache mir eine innere Notiz.

»Und der Jasmin, das ist doch Jasmin, ja? Der scheint Blattläuse zu haben. Seifenwasser hilft da.«

Ich verrenke mich etwas, um Kurts Jasmin anzusehen. Tatsächlich sind da lauter kleine schwarze Punkte, weshalb ist mir das nicht vorher aufgefallen?

»Seifenwasser?«, frage ich.

»Ja ja. Einfach Wasser mit Spüli in eine Pumpflasche geben und alles besprühen. Die Läuse ersticken dann darunter.«

»Blüht er deswegen noch nicht?«, frage ich und habe plötzlich ein furchtbar schlechtes Gewissen.

»Nein, das hat damit nichts zu tun. Aber du solltest ihn schon schnell von den Läusen befreien, sonst geht er dir irgendwann ein.«

Mein Herz schlägt schneller, und jetzt möchte ich unbedingt sofort Spüliwasser versprühen. Der Jasmin darf auf keinen Fall eingehen.

»Wie geht es ihm?«, fragt Gabi, und ihre Stimme wird tiefer und wärmer.

Ich zucke mit den Schultern, weil es tatsächlich die einzig wahre Antwort ist.

»Und dir?«, fragt sie, während sie weiterhin geradeaus sieht.

Wieder zucke ich mit den Schultern, und Gabi nimmt meine Hand.

»Du musst auf dich aufpassen, Lena. Trauer kann einen verschwinden lassen, bis man nicht mehr zurückfindet.«

Ich bin überrascht, dass Gabi die gleichen Worte benutzt wie Laura.

»Ich mache mir eher Sorgen um Kurt«, sage ich wie eine richtige Erwachsene.

»Ich weiß. Aber du hast auch jemanden verloren. Das darfst du nicht vergessen.«

Jetzt sieht sie mich an. Ich tue so, als wäre mir das nicht bewusst, und starre weiter auf Laura, die den Punkt erreicht hat, an dem sie gern aus dem Gespräch mit Gauger entlassen werden möchte, aber niemand ist in der Nähe, um ihr zu helfen.

»Lena.«

Ich versuche, nicht zu blinzeln, weil dann die Tränen im offenen Auge vielleicht einfach verdunsten.

»Lena. Schatz. Sieh mich mal kurz an«, insistiert Gabi leise.

Ich drehe den Kopf langsam, um nichts überschwappen zu lassen, nach rechts, bis mein Blick den von Gabi trifft. Eine Weile sieht sie mich einfach nur an, ihr Gesicht warm und freundlich, glänzender blauer Lidschatten sammelt sich in den Falten ihres Lides, die Augenbrauen sind dunkel nachgezeichnet, die Nase schmal und gerade, nicht wie die ihres Sohnes. Dann drückt sie kaum merklich meine Hand und sagt: »Ich finde es wunderbar, dass du dich um Kurt sorgst. Für eine Mutter ist es ein gutes Gefühl, wenn sich jemand um dein Kind kümmert, glaub mir das. Aber Kurt braucht einfach Zeit. Vielleicht sogar eine lange Zeit. Und es wird nie ganz aufhören, weißt du? Es ist nicht wie Liebeskummer. Es wird nie ganz vorbei sein. Auch in zehn Jahren wird Kurt seinen Sohn vermissen und um ihn trauern. Es wird nicht wieder so wie vorher. Es wird wieder leichter irgendwann, da bin ich ganz sicher. Aber es wird nie nicht passiert sein.«

Ich nicke, und meine Augen brennen. Sie halten nun eine ganze Menge Wasser, es würde mich nicht wundern, wenn die unteren Lider etwas ausbeulen, wie kleine Wasserballons. Gabi nickt auch und lächelt fast unsichtbar.

»Es wird ein langer Weg, Lena. Und er hat gerade erst angefangen. Ich bin sicher, dass ihr das schaffen könnt. Aber du wirst den Weg nicht gehen können, wenn du nicht auch auf deine eigenen Gefühle hörst.«

Wieder nicke ich, und nun folgen meine Tränen schlicht und einfach der Schwerkraft und fallen mit einem kleinen Platsch auf Gabis Hand, die meine hält. Sie lässt sich davon weder beeindrucken noch irritieren und sieht mir weiter fest in die Augen:

»Und eins noch: Du musst den Weg nicht gehen. Das weißt du, oder? Du musst dich nicht aufgeben in dem

Leid. Wenn du das alles, Kurt, die Trauer, *seine* Trauer nicht tragen kannst, dann darfst du gehen. Du bist niemandem etwas schuldig. Verstehst du das?«

Sie spricht fest und ruhig und langsam. Um sicherzugehen, dass ich verstehe. Und verstehe ich, was sie sagt?

»Ich möchte nicht gehen. Ich wünschte nur, Kurt würde mich mehr teilhaben lassen.«

Gabi nickt.

»Warum tut er das nicht? Warum versteckt er seine Gefühle vor mir? Warum darf ich nicht helfen?«

»Kurt ist jemand, der die Dinge mit sich selbst ausmacht. Da sage ich dir sicher nichts Neues. Aber vor allem glaube ich, dass er einfach Zeit braucht. Es ist jetzt schon fast drei Monate her, aber das ist nichts im Zeitempfinden eines Menschen, der jemanden verloren hat. Vermutlich hat er die ganzen letzten Monate im Schock verbracht. Es wird jetzt erst langsam durchsickern, dass das hier die neue Realität ist. Er schließt dich nicht aus, um dir weh zu tun. Ich glaube, er ist einfach überfordert. Und das ist sein gutes Recht, Schatz.«

»Es tut trotzdem weh«, murmle ich und winde mich vorsichtshalber aus Gabis Blick. Laura hat es geschafft, von Gauger loszukommen, und wurde von unserer Mutter abgelöst. Man lacht und trinkt Durchsichtiges aus kleinen Gläsern.

»Natürlich tut es das. Du brauchst ihn gerade. Du hast ja auch ein Kind verloren.«

»Aber nicht mein eigenes.«

»Das spielt doch keine Rolle. Schmerz ist Schmerz.«

Als Kurt aus dem Haus kommt, hat er glänzende Augen. Unsere Väter treten hinter ihm aus der Tür, lachen, klopfen sich gegenseitig auf die Schulter und prosten sich mit Bier zu.

»Na, ihr Hühner? Bewundert ihr eure schönen, starken Männer?«, Kurt lacht, während er auf uns zukommt. Gabi schüttelt den Kopf und nimmt einen Schluck Sangria, ich fürchte, dass ich etwas dümmlich grinse, weil Kurt plötzlich ganz jung und frisch und schön aussieht.

»Das wird gut mit dem Laminat! Dein Mann will es sogar selber verlegen!«, sagt Kurt zu seiner Mutter und: »Und dein Mann will ne Wurst!«, zu mir.

»Darüber würde ich aber gern noch mal mit seinem schlimmen Rücken sprechen«, sagt Gabi und macht eine scheuchende Geste mit der Hand: »Ihr geht euch mal was zu essen holen. Ich bleibe hier noch ein bisschen sitzen, ich glaube, ich habe schon einen kleinen Schwips.«

Sie hat keinen Schwips, auch keinen kleinen. Aber ihre Augen glänzen wie die ihres Sohnes, als sie mir verschwörerisch zuzwinkert.

»Die hatn Kumpel von mir selba jemacht. Wildschwein. Selba jeschossen, selba ausnanderjenommen, selba in' Fleischwolf. Jibt nüscht bessrit.«

Gauger hält die Wurst hoch wie Rafiki den jungen König der Löwen, Kurt nickt anerkennend, bevor er das Königskind in Empfang nimmt, um die Zähne hineinzugraben. »Is geil!«, nuschelt er mit vollem Mund, als Janas Volvo vorfährt. Umständlich und ein bisschen genervt hantiert sie am Tor herum, das sie aber genau in dem Moment, als ich ihr zu Hilfe eile, geöffnet bekommt. »Das müsst ihr mal machen lassen«, sagt sie, im gleichen Moment, in dem ich sie umarme und »Schön, dass du gekommen bist!« sage.

»Ja«, antworten wir beide und stehen steif voreinander.

»Komm rein, willst du was trinken? Gauger hat echte Wildschweinwurst!«

Ich plappere, weil ich nicht weiß, was ich sonst machen soll. Jana sieht über meine Schulter in den Garten und sagt: »Ich kann nicht lange bleiben. Joni.«

»Klar. Kein Problem. Kurt ist beim Grill.«

Ich frage mich, wo Joni ist. Sie wird wohl kaum im Volvo bleiben, bei der schwülen Hitze, aber um ganz sicherzugehen, werfe ich einen unauffälligen Blick in den Wagen. Er scheint leer, und Jana ist bereits weitergezogen, so dass ich sie nicht fragen kann. Ich bleibe am Tor stehen und sehe mich in unserem kleinen Garten um. Inzwischen stehen fast alle am Grill und lauschen Gaugers Geschichten über die Herkunft des toten Tieres, nur Kurts Eltern sitzen immer noch in der Hollywoodschaukel und reden leise miteinander. Sie sehen erschöpft aus. Sie bemühen sich um eine angemessene Grillfestfassade, aber die ist porös. Auch sie haben einen Kurt verloren, und wenn es ihnen mit dem erwachsenen Kurt ähnlich geht wie mir, sogar anderthalb Kurts.

Ich sehe, wie Laura mit Jana spricht, es zumindest versucht, denn Jana ist fahrig und in der nächsten Minute schon wieder woanders. Bei Kurt. Vermutlich will sie nicht hier sein. Vielleicht ist sogar unser kleines rumpliges Heim zu viel Kurt ohne Kurt.

»Isst du die noch?«, fragt Laura und zeigt auf meine Wildschweinwurst, die ich vor meinem Körper halte und kurzzeitig vergessen hatte.

»Ja. Hol dir eine eigene.«

Laura stellt sich neben mich und beobachtet mit mir zusammen die anderen.

»Ist es komisch, dass Jana hier ist?«

Ich antworte mechanisch: »Nein«, und denke erst danach über die Frage nach. Es ist natürlich komisch. Das letzte Mal, als sie hier war, hat sie Kurt mit seinem kleinen Schulranzen mitgenommen und nie wieder zurückgebracht. Plötzlich ploppt sein zahnloses Gesicht vor mir auf, ich denke an seinen zarten, vom Schlaf noch ganz warmen Körper, der auf mir liegt, an seine heißen Tränen an meinem Hals, nachdem er den zweiten Zahn verloren hatte.

»Alles in Ordnung?«, fragt Laura, ich gebe augenscheinlich Anlass zur Sorge.

»Alles gut. Ich geh mir mal Wasser ins Gesicht werfen.«

»Soll ich mitkommen?«

»Nein, danke. Wirklich alles o. k. Ich brauch nur eine Minute für mich, ja? Ich bin gleich wieder da.«

Ich kann nicht lange bleiben. Ich sollte gar nicht hier sein. Vor allem nicht jetzt. Mir ist nie aufgefallen, wie hart das kleine Bett ist. Wir haben die Matratze damals bei IKEA gekauft. Es war nicht die billigste, aber auch keine besonders gute. Ich wippe mit dem Po, um die Festigkeit weiter zu prüfen. Wie hart dürfen Kinderbetten sein? Was ist, wenn darauf rumgesprungen werden muss, wie auf jedem Kinderbett? Sollte das nicht ordentlich federn? Ich schiebe die Hand unter die Matratze, um den Lattenrost zu checken. Es sind einfache Holzlatten. Kein Wunder, dass nichts federt.

Es ist dunkel in Kurts Zimmer. Die Gardinen sind zugezogen, und ich weiß nicht, ob das ein Überbleibsel Kurts letzter hier verbrachter Nacht oder eine nachträgliche Entscheidung seines Vaters ist. Alle Möbel stehen an ihrem Ursprungsplatz, das Bett ist ungemacht, hier und da vereinzelt auf dem Boden liegendes Spielzeug, vor allem die kleinen Autos mit Flügeln oder aufgemalten grimmig aussehenden Gesichtern, und Kisten voller Dinge, mit denen noch gespielt werden muss. Sollte.

Ich merke erst, dass die Tür aufgegangen ist, als Jana schon im Zimmer steht. Eine kleine Ewigkeit lang sehen wir uns einfach nur an, dann setzt sich Jana neben mich aufs Bett.

»Entschuldigung«, sage ich, weil ich mich erwischt fühle.

»Wofür?«, fragt Jana.

Ich zucke mit den Schultern. »Keine Ahnung.«

»*Ich* sollte mich entschuldigen. Ich sollte hier nicht einfach rumschleichen. Ich wollte nur …«

Sie fängt an zu weinen.

»Kein Problem. Bleib, solange du willst.«

Ich sehe vorsichtig zur Seite, als könnten zu ruckhafte

Bewegungen Jana verscheuchen. Aber sie ist noch da, sitzt ganz aufrecht, fast vornehm, neben mir und blickt auf ihre Oberschenkel, wo ihre Tränen einen kleinen Fleck bilden. Ich weiß nicht, was ich machen soll, was von mir erwartet wird, weiß nicht, ob Jana allein sein will. Also bleibe ich einfach neben ihr sitzen und höre ihrem schnodderig werdenden Atem zu.

»Es wird einfach nicht besser. Wann wird es endlich besser?«, fragt Jana plötzlich, und ihre Stimme klingt wie die eines kleinen Kindes.

Ich lege meine Hand auf ihre und drücke sie vorsichtig. Mehr Antwort habe ich nicht.

»Ich bin so müde«, sagt sie, und es klingt, als ob allein diese vier Worte mehr Kraft benötigen, als sie eigentlich besitzt. Wir sitzen noch eine Weile nebeneinander, sehen auf unsere Füße, um nicht die geballte Macht des Zimmers ertragen zu müssen, und denken auf unseren Gedanken rum. Dann wippt Jana ein kleines bisschen, und gerade, als ich mir Sorgen mache, dass sie vielleicht einfach ohnmächtig wird, sagt sie: »Das Bett ist zu hart, um zu hüpfen.«

Es war eine kurze Gartenparty. Das ist vollkommen o. k., es war unser erster Versuch, und die Zeiten sind unwirtlich, unter diesen Umständen waren zwei Stunden mit allen Anwesenden schon mehr, als man erwarten konnte. Jetzt sind wir nur noch zu viert: Gauger und Kurt trinken Bier auf der Terrasse, Laura und ich schwingen auf der Hollywoodschaukel. Der Grill ist erloschen, die zwei verbliebenen Würste darauf sind schrumpelig und fast schwarz. Ich schließe die Augen, lege den Kopf nach hinten, wo er von einem Rest Abendsonne getroffen wird. Laura macht irgendwas auf ihrem Handy, und die vorabendlichen Geräusche der Umgebung lullen mich in eine angenehme Friedlichkeit ein, in der ich für immer verbummelt gehen möchte.

»Stefan?«, ruft Andrea aus ihrem Küchenfenster, und ich grinse mit weiterhin geschlossenen Augen, weil ich immer vergesse, dass Gauger auch einen Vornamen hat. »Komme!«, ruft dieser zurück, bleibt aber sitzen und zeigt Kurt irgendwas auf seinem Handy. Kurt lacht und nickt, und ich bin gleichzeitig neidisch und dankbar, weil Gauger irgendeinen rätselhaften Weg gefunden hat, mit Kurt so umzugehen, wie er es augenscheinlich gut aushält. Vielleicht macht Gauger sich einfach keine Gedanken um den falschen Umgang und wählt so den genau richtigen.

Laura seufzt und sagt: »Ich würde dann bald auch mal losmachen, kann ich noch irgendwas helfen? Abwasch oder so?«

»Ist lieb, aber brauchst du nicht. Schön, dass du da warst. Grüß die Stadt von mir!«

Ich umarme Laura, küsse sie auf die Wange und gebe ihr einen Klaps auf den Hintern, als sie aufsteht, um sich von Kurt zu verabschieden. Sie dreht sich noch mal kurz um und sagt: »Ihr seht gut aus zusammen. Besser.«

Obwohl Kurt schon eine ganze Weile im Arbeitszimmer ist, traue ich mich nicht ins Kinderzimmer. Ich habe dort vorhin etwas gesehen, das mir kurzzeitig den Atem genommen hat. Aber da saß die weinende Jana neben mir, und ich musste meine Entdeckung schweren Herzens dort zurücklassen. Ich werde warten, bis Kurt schläft, um zurückzugehen. Ich brauche dafür Ruhe. Und vielleicht etwas Schnaps.

»War ganz schön, oder?«, fragt Kurt und umarmt mich von hinten, während ich die Reste des Nudelsalates in einer Tupperdose verstaue.

»Sehr!«, sage ich und mache Platz im Kühlschrank.

»War es mit meiner Mutter o. k.? Ihr habt lange zusammen auf der Schaukel gesessen.«

Ich nicke. Er muss nicht wissen, worüber wir geredet haben und dass ich eine offizielle Trennungserlaubnis bekommen habe.

»Und mit Jana? Habt ihr gesprochen?«

»Nur kurz.«

»Ich fand es gut, dass sie da war. Die musste auch mal raus.«

»Ja.«

»Alles o. k.? Du bist so kurz angebunden.«

Ich tue weiter geschäftig und hantiere mit dreckigen Schüsseln und halbaufgegessenen schrumpeligen Würsten rum.

»Ich bin nur müde. Waren viele Leute. Und viel Sangria.«

Kurt grinst: »Gar nicht so schlecht das Tetra-Pak-Zeug, wa?«

Nachts ist das Kinderzimmer noch gruseliger als tagsüber. Ich habe in den Neunzigern vermutlich einfach zu viele Horrorfilme gesehen, aber Spielzeug verliert im Dunklen wirklich jeglichen Charme, weshalb ich so wenig Zeit wie möglich in Kurts Zimmer verbringe. Ich schleiche mich rein, nehme mit, was ich am Nachmittag entdeckt habe, und verlasse den Raum auf Zehenspitzen. Ich kann leises Murmeln aus dem Schlafzimmer hören, manchmal macht sich Kurt eine Folge Die Simpsons an, um besser einzuschlafen. Ich werfe einen Blick durch die angelehnte Tür, Kurt liegt vom Computer abgewandt und schläft, während Maggie vom Sofa fällt.

Der gefliese Boden im Gästeklo ist angenehm kühl und beruhigt mich umgehend. Meine Hände zittern. Ich bin noch nicht bereit, also glotze ich einfach ein wenig an die Decke, bis ich mich traue, den Blick zu senken.

Der Filzstift geht auf dem Papier etwas verloren. Das Rosa ist nicht kräftig genug, um die Intensität der Druckertinte zu überdecken. Mit dem Grün hatte Kurt etwas mehr Erfolg: Die zahlreichen Blätter, die er dem auf dem ausgedruckten Foto noch vollkommen kahlen Jasmin gemalt hat, sehen mit etwas Abstand fast echt aus. Die Blüten hat er augenscheinlich danach gemalt, als vor lauter Blättern kaum noch Platz für sie war. Sie wirken auf dem grellgrünen Laub des Strauches durchsichtig und eindimensional.

Jasmin blüht weiß. Ob er rosa gewählt hat, weil er keinen weißen Stift hatte? Oder weil er es nicht besser wusste? Vielleicht, weil wir ein paar Tage vorher noch darüber sprachen, dass die meisten Blumen rosa oder lila sind? War es ein Zufall oder ein winziges Aufbegehren gegen seine Mutter? Und für seine Schaufel? Für mich? Warum hat er es mir nicht gezeigt? Hatte er es vergessen? War es sein eigenes kleines Geheimnis mit sich selbst? Ich halte das Stück Papier wie ein Fabergé-Ei: behutsam, mit bebenden Händen, voller Respekt. Dann stecke ich es in eine Klarsichtfolie, die ich aus dem Arbeitszimmer geholt habe und schiebe es hinter die Waschmaschine, wo all meine Schätze wohnen.

ch lege mich kurz hin. Der Jasmin spendet Schatten, die Erde darunter riecht irgendwie satt und gesund, und ich frage mich, warum ich nicht häufiger hier unter Kurts Jasmin liege. Es ist kein schlechterer Ort als beispielsweise die Hollywoodschaukel. Durch den Maschendrahtzaun kann ich rüber zu den Nachbarn sehen, die auf einem kleinen Fernseher ein WM-Spiel verfolgen und sich dabei leise unterhalten. Ich frage mich, ob sie mich sehen können, *könnten*, wenn sie sich nur umdrehen würden. Aber sie drehen sich nicht um. Er trinkt Bier, sie Selters. Beide sehen auf den Fernseher. Ich auch. Zusammen sind wir das kleinste Public Viewing der Welt. Ich schließe die Augen und rieche erneut am Boden. Kurts kleine Schippe wird schwitzig in meiner Hand, also lasse ich sie los. Ich fühle mich schläfrig und beschließe, ein kleines Nickerchen zu machen.

»Hey, Süße! Alles okay?«, fragt Kurt, kniet sich hinter mich und reibt mir vorsichtig den ihm zugewandten Rücken.

»Ich ruh mich nur aus«, sage ich und sehe wieder auf des Nachbars Fernseher.

»Hier?«

Kurt klingt amüsiert.

»Ja.«

»Willst du nicht lieber auf die Schaukel? Ich kann dich hintragen! Wie ein richtiger Mann!«

Ich antworte nicht. Kurt stört mein Public Viewing.

»Lena, komm, ich hol uns Eistee, und wir setzen uns ein bisschen in den Schatten, okay?«

»Ich hab ihm Erwachsenenzähne versprochen. Richtig scharfe«, sage ich matt.

Der Fernseher jubelt, der Nachbar auch, irgendwo schießt jemand Feuerwerk ab.

Kurt nimmt die Hand von meinem Rücken. Lässt mich mit meinem nicht eingelösten Versprechen allein. Ich schließe wieder die Augen, als er plötzlich seine Arme unter meinen Körper schiebt und mich umständlich aufhebt. Er ächzt und stolpert ein bisschen, aber er schafft es und trägt meinen schlaffen Körper aufs Terrassensofa, bis ich den Fernseher nicht mehr sehen kann. Ich bleibe ein paar Sekunden lang einfach so liegen, wie ich abgelegt wurde: schwer, schlapp und unvorteilhaft. Wie eine Sexpuppe, die nicht genug aufgeblasen ist. Dann setze ich mich auf, klopfe mir Erde von den Beinen und sage: »Egal.«

Kurt zieht mit dem Finger die Abdrücke, die kleine Steine und Tannennadeln auf meinen nackten Beinen hinterlassen haben, nach, zündet sich eine Zigarette an und sagt dann: »Nee. Nicht egal.«

»Der Zaun ist fast dicht«, sage ich und sehe auf meine

schwarzen Füße. »Man kann nur noch ganz unten zu den Nachbarn sehen. Gerade eben für Sie getestet.«

»Lena. Es ist nicht egal. Das mit den Zähnen war ziemlich cool.«

»Ich muss das da alles nur mal vernünftig wässern. Ich vergesse das immer. Die müssen alle noch dichter werden, die Büsche. Dann wird das richtig schön.«

»Hey!« Kurt zieht mein Gesicht vorsichtig, wie eine zu entschärfende Bombe, in seine Richtung und gibt mir einen Kuss. »Das mit den Zähnen war toll! Kurt hat dauernd davon erzählt. Sogar in der Schule, hat Jana gesagt. Er war sehr beeindruckt!«

»Vielleicht kaufe ich eine Zeitschaltuhr für das Gartenwasser. Die beste Uhrzeit, um zu wässern, ist ganz früh morgens, wenn das Wasser nicht sofort wieder verdunstet.«

»Lena! Hör mir mal zu! Du hast das toll gemacht! Alles mit Kurt!«

Ich ziehe die Beine auf die schmutzige Couch, winkle sie an und lasse meinen Kopf dazwischenfallen.

»Ich hätte sie gern gesehen, die scharfen Zähne. Ich glaube, er dachte, sie würden wie bei einem Hai aussehen«, schluchze ich, und Kurt legt seinen Kopf auf mein Knie und sagt leise: »Ich hätte sie auch gern gesehen. Er wäre ein tipptopp Hai geworden!«

Der Hundestrand ist für die Jahreszeit angenehm leer. Ein Labrador steigert sich in eine kleine Hysterie, während er den Stock, den seine Besitzerin immer wieder ins Meer wirft, pflichtschuldig herausrettet; zwei kleine Hunde, irgendeine Terriervariante, buddeln im feuchten Sand ohne erkennbaren Sinn Löcher; und aus der Entfernung kommt ein Beagle mit flatternden Ohren angerannt, seine Besitzer weit hinter ihm. Kurt und ich sind ausschließlich am Hundestrand, wenn wir am Meer sind, er ist der eigentliche Geheimtipp. Nicht das Künstlerdorf Ahrenshoop oder die Steilküste in Schönhagen. Der beste Ort für ein entspanntes Meererlebnis ist immer der Hundestrand. Egal, wo man ist. Er wird von den meisten Urlaubern gemieden, was mir vollkommen unverständlich ist. Was gibt es denn Besseres als ein Meer und spielende Tiere an ein und demselben Ort?

Kurt liegt auf dem Rücken und liest eine viel zu große Zeitung. Sein Oberkörper hebt und senkt sich langsam, und ich bemerke den kleinen Bauch, den er sich über die letzten Jahre gezüchtet hat. Zarte, dunkelblonde Haare wandern von seiner Brust über eine schmale Straße zum Bauchnabel, wo sie sich etwas ausbreiten, um dann gemeinsam die wieder enger werdende Passage zu den Schamhaaren zu überwinden. Kurt trägt dunkelblaue Badeshorts, so dass ich nicht sehen kann, ob alle Haare am Ziel ankommen, ich gehe aber stark davon aus.

Ich setze mich träge auf und streiche mir den Sand von den Schienbeinen. Der Beagle hat, nachdem er erfolglos versucht hatte, die beiden buddelnden Terrier zum Spielen zu animieren, einen guten Ort zum Kacken gefunden, seine Besitzer, etwas atemlos, zücken eine Tüte und sitzen nun neben einem gefüllten Hundekotbeutel im Sand und sehen aufs Meer. Kurt stöhnt und dreht sich auf die mir zugewandte Seite, was den Umgang mit der monströsen Zeitung nicht einfacher macht. Ich höre ihn rascheln, Papier reißt, aber ich bin von dem Labrador abgelenkt, der klatschnass in unsere Richtung getrottet kommt. *Bitte-bitte komm her und lass dich streicheln!*

»Psst!«, macht Kurt, aber ich kann mich ihm nicht zuwenden, ich muss den Hund mit Telepathie zu uns locken. *Feine Maus!*

»Psss-ssst!«, macht Kurt wieder, und ich drehe mich zu ihm.

Bis auf einen Quadratmeter Zeitung und den goldschimmernden Bauch sehe ich nichts.

»Was denn?«, frage ich, etwas genervt, denn was, wenn jetzt die mentale Verbindung zu dem Labrador unterbrochen wurde? Kurt pfeift durch die Vorderzähne, so wie man es in den Fünfzigern tat, wenn man seine Bewunderung für eine Frau kundtun wollte. Erst jetzt sehe ich, dass Kurt ein Loch in den *Tagesspiegel* gerissen hat, durch das er mich angrinst. Ich lache.

»Du siehst aus wie der schlechteste Detektiv der Welt! Trägst du auch einen falschen Bart?«

»Ich habe sogar eine Brille mit einer falschen Nase dran auf!«, kichert Kurt durch das kleine Loch.

»Du spinnst«, sage ich und sehe wieder zu dem Labrador.

»Was denn? Ich dachte, so kann ich zwei Fliegen mit einer Klappe schlagen. Zeitung lesen und gleichzeitig meine schöne Freundin ansehen.«

Ich lächle und schiebe mich unter das Papierdach, um Kurt zu küssen. Er lässt sich wieder auf den Rücken fallen und bedeckt uns beide mit der Zeitung, so dass wir ein bisschen intensiver, als es vielleicht an einem offiziellen Strand angemessen wäre, knutschen können. Ich wälze meinen sandigen Körper auf seinen, wo er wegen des Schweißfilmes zwischen uns ein wenig hin und her rutscht, ein merkwürdiges, aber gleichzeitig sehr schönes Gefühl, und wir reiben uns ein bisschen, und so unauffällig es geht, aneinander. Kurts Atem verändert sich von einem spielerischen Rhythmus in einen schwereren, ich spüre, wie sein Unterkörper gegen meinen drängt, aber gleichzeitig passiert etwas an meinen Füßen, wofür Kurt unmöglich zuständig sein kann. »Warte mal«, murmle ich, auch mein Atem geht nun etwas schwerer, und ich sehe nach hinten zu meinen Füßen. Der Labrador hat seinen Weg ohne telepathische Unterstützung zu uns gefunden und möchte jetzt aber auch bitte schön belohnt werden, also legt er seinen nassen Stock immer wieder auf meine Füße, offensichtlich vollkommen konsterniert darüber, dass ich nicht reagiere. Wie viel eindeutiger kann er denn noch sein? *Meine Güte, Menschen!*

»Sorry«, ruft seine Besitzerin aus der Entfernung und steht hektisch auf, um uns von ihrem Hund zu befreien.

»Nein, keine Sorge, alles gut! Der ist ganz zauberhaft! Kann ich ihn streicheln?«, rufe ich zurück und rolle von Kurts Erektion herunter.

»Klar! Aber wenn Sie den Stock werfen, ist sie noch glücklicher!«

Die Frau kommt nun langsamer und entspannter in unsere Richtung, Kurt setzt sich auf und legt die Zeitung über seinen noch etwas aufgeregten Schoß.

Ich werfe den Stock, aber statt weit fliegt er hoch und landet nur etwa drei Meter vor mir. Der Hund scheint enttäuscht, aber vielleicht muss er diesen fremden Menschen auch einfach nur noch etwas trainieren. Also bringt er den Stock zurück und legt ihn wieder direkt auf meinen Füßen ab. Ich versuche es ein zweites Mal, dieses Mal werfe ich so tief, dass er, wäre er ein flacher Stein, bestimmt ein paar Mal übers Wasser hüpfen würde, aber er ist nur ein Stock, und so bleibt er einfach anderthalb Meter entfernt hochkant im Sand stecken. Kurt lacht.

»Manno. Wie schwer kann es denn sein, einen Stock zu werfen?«, murmele ich, aber der Labrador hat mich noch nicht aufgegeben und bietet sein Spielzeug ein drittes Mal an.

»Mach du mal, sonst kann er mich nachher gar nicht mehr leiden«, sage ich zu Kurt und gebe ihm den Stock. Er wirft ihn zur vollen Zufriedenheit des Hundes, und ich sehe den beiden neidisch zu. Irgendwann hat Kurt keine Lust mehr, und auch der Hund scheint in der Hitze einzuknicken. Sein Frauchen ist inzwischen bei uns angekommen und reicht dem hechelnden Tier Wasser aus einer faltbaren Schüssel. »Sie ist spielsüchtig!«, sagt sie, als wäre das etwas Gutes, und krault dem Hund die Schwanzwurzel.

»Na, dann sollte sie keinen freien Zugang zu Ihrem Geld haben«, sagt Kurt, wieder hinter der Zeitung versteckt. Die Frau lächelt höflich, sie hat den Witz nicht zum ersten Mal gehört, und will sich wieder auf den Weg machen.

»Wo wird sie denn besonders gern gestreichelt?«, frage ich, weil ich möchte, dass sie noch bleiben.

»Ach, überall eigentlich. Am besten dort, wo sie selbst nicht rankommt.«

Ich versuche mich zaghaft an der Brust des Hundes, ich streichle vorsichtig das dort lustig gewirbelte Fell und sehe dem Tier dabei in die Augen.

»Ruhig fester! Sie können richtig kratzen, das liebt sie!«, ermuntert mich die Frau, und ich gebe mehr Stulle und kraule nun sehr konzentriert des Tieres Brust. Es stellt den Körper ganz schief und übt zusätzlichen Druck aus, indem es die Brust in meine kraulende Hand stemmt. Dann verliert sie die Lust und sucht sich ihren Stock, aber bevor sie ihn wieder mir auf die Füße legt, nimmt ihre Besitzerin sie am Halsband und führt sie weg. »Schönen Urlaub noch!«, ruft sie uns zu. Ich hebe die Hand zum Dank und Gruß und lege mich wieder auf den Rücken. »Sollten wir einen Hund haben?«, frage ich Kurt, aber der ist unter seiner Zeitung eingeschlafen. Ein Glück, dass er vorhin ein Loch hineingerissen hat.

Nachdem wir uns vom Hundestrand verabschiedet haben, liegen wir frisch geduscht und nackt auf unserem Hotelbett und eruieren unsere Abendbrot-Optionen. Wir urlauben, wie wir Kaffee trinken: eher uncool. Wir sind in Kühlungsborn, dem Omi-Kurort vor dem Herrn, und wir wollen ins Brauhaus auf der Hauptstraße, weil es dort Schweinshaxe gibt. Es ist der letzte von drei Abenden, die wir hier verbringen, es war eine gute Zeitspanne, jetzt fehlt mir unser kleines, rumpliges Haus. Ich mache mir Sorgen, ob alle Pflanzen die brütende Julihitze überstehen; Gauger hat versprochen zu gießen, aber wir Helikoptermütter sind ja nie ganz frei von übervorsichtigen Bedenken.

»Also Haxe?«, fragt Kurt und pult in seinem Bauchnabel rum.

»Haxe. Auch weil man da draußen sitzen kann«, sage ich und frage dann: »Was willst du mit Kurts Zimmer machen?«

Kurt stockt. Es ist ein ungünstiger Zeitpunkt zu fragen. Haxe oder das Zimmer deines toten Sohnes ausräumen? Darauf kann die Antwort eigentlich immer nur Haxe sein.

»Entschuldige. Das kam blöd rausgepoltert. Ich hab nur

an zu Hause gedacht und die Pflanzen und Kurts Jasmin und dann an Kurt und na ja.«

»Schon o. k. War nur bisschen überraschend.«

»Ja. Verstehe ich. Willst du lieber nicht drüber nachdenken?«

Kurt gräbt weiter in seinem Nabel, soweit ich sehen kann ohne nennenswerte Erfolge.

»Ach. Ich denke dauernd drüber nach. Ich habe nur keine Lust auf das Ergebnis.«

»Ja«, sage ich, denn mehr gibt es nicht zu sagen.

Die Haxe im Brauhaus Kühlungsborn kommt zu einem hohen Preis. Das Lokal ist rappelvoll, aber damit war während der Hochsaison zu rechnen. Das worst case scenario hingegen haben wir vollkommen verdrängt: eine Band. Natürlich spielt an einem Samstagabend im Juli in einem Brauhaus in einem Kurort eine Band. Wir haben keinen Platz draußen bekommen, daher sitzen wir nun an einer braunen Klinkerwand in der Nähe der Toiletten und versuchen abwechselnd, uns zu unterhalten und nicht zu lachen. Beides fällt ungemein schwer, so dass wir die meiste Zeit still sind und durch die Gegend starren. Auf der kleinen Tanzfläche schiebt sich ein Pärchen in den Fünfzigern rhythmisch durch die Gegend, ich vermute, es handelt sich um einen Discofox, den unerotischsten Tanz der Welt. Meine Augen wandern hektisch von einem Punkt zum nächsten: die schnauzbärtige Band, die Lederhosen der Bedienung, die enormen Portionen Fleisch, gelöst lachende Gruppen sonnenverbrannter Rentner und junge

Menschen, die die alten auslachen und Biere stürzen. Und immer wieder zieht es mich zurück zu dem tanzenden Paar, bis ich aufgebe und meinen Blick auf ihnen ruhen lasse. Ich kann ihr Innerstes nur schwer einschätzen, ihre Gesichter zeigen kaum Emotionen, ein weiteres Problem des Discofox übrigens: Wer ihn tanzt, sieht seinem Partner über die Schulter und nicht in die Augen. Vielleicht, damit einem nicht schlecht wird? Muss man nicht einen festen Punkt im Raum fixieren, um Übelkeit während schneller Drehungen zu vermeiden? Und gedreht wird sich!

Kurt sagt etwas, aber ich verstehe ihn nicht, denn die Band skandiert gerade »Höllehöllehölle!«, und darauf kann sich wiederum der ganze Laden einigen, da geht ein Kurt schon mal unter. »Was?«, frage, schreie ich. Kurt winkt ab. Was immer er sagen wollte, war den Aufwand, es zu schreien, nicht wert, also blicke ich wieder zu dem tanzenden Paar.

»Die sind irgendwie süß!«, sage ich zu Kurt, er sieht mich fragend an, und ich zeige auf die Tanzfläche und forme dann ein Herz mit meinen Händen. Kurt versteht und macht eine Handgeste, die wohl einem »Joah« entspricht. Ich strecke ihm die Zunge raus und deute an, ihn auch auf die Tanzfläche zu ziehen. Als Kurt abwehrend beide Hände hebt, kommt unser Essen. Saved by the Haxe.

»Warum isst du die Kruste nicht? Die ist doch das Beste!«, sagt Kurt. Die Band macht Pause, und wir können uns für ein paar Minuten unterhalten.

»Ich hebe die für den Schluss auf.«

»Ah. Das ist mein Mädchen!«

Ich lächle etwas dümmlich und rahme dann mein Gesicht mit meinen Händen ein, wie ein Kinderstar der frühen dreißiger Jahre. »Supersüß und supersexy!«, hauche ich und spüre, dass mir etwas Fett an der Unterlippe hängt. Kurt lacht und lehnt sich zurück. Er ist fertig mit seiner Haxe, er hat es nicht gewagt, auch nur ein Stück Kruste übrig zu lassen, wohingegen ich nicht sicher bin, ob ich tatsächlich den gesamten Tellerinhalt in meinem Magen ordnungsgemäß verstaut bekomme, aber ich arbeite dran.

»Gut, dass wir gefahren sind, oder?«, sagt Kurt und sieht sich im Restaurant um, während er sich den Bauch massiert. Ich habe den Mund voller Tier, daher nicke ich nur.

»Ganz woanders sein tut gut.«

Er sagt es eher zu sich selbst als zu mir, aber ich verstehe, was er meint.

»Vielleicht müssen wir echt langsam mal an Kurts Zimmer ran.«

Ich höre auf zu kauen, als könnten meine Zähne Kurts Aussage zermalmen. Kurt sieht mich nicht an, sein Blick flaniert durch den Raum, als würde er die Bedienung suchen und nicht über das Kinderzimmer seines toten Sohnes nachdenken. Ich traue mich nicht, mich zu bewegen. Das Fleisch in meinem Mund müsste eigentlich noch ein bisschen zerkaut werden, aber ich schlucke es hinunter wie einen Stein, damit ich bereit bin. Für was auch immer. Als Kurts Blick meinen, eher zufällig, trifft, frage ich: »Bist du sicher?«

»Natürlich nicht!«, antwortet Kurt auf eine verwirrend charmante Art. Er lächelt und schlägt mit beiden Handflächen etwas zu laut auf den Tisch. Das Besteck im Maßkrug klirrt, ein paar Menschen sehen sich um. »Aber Fakt ist: Irgendwann muss es gemacht werden, also warum warten?«

Ich kneife die Augen etwas zusammen, um einen objektiveren Eindruck von Kurts Ausdruck zu bekommen. Er scheint o. k. Erleichtert sogar? Ich bin nicht sicher.

»Und jetzt iss auf! Du schuldest mir noch einen Tanz.«

Ich wünschte, wir könnten zu etwas anderem tanzen als bayrischer Brauhausmusik, aber man kann es sich manchmal halt nicht aussuchen, und wenn man es sich doch ausgesucht hat, muss man eben auch zu seinen Fehlern stehen beziehungsweise schunkeln. Nach einem kurzen Versuch, uns unserer Unsicherheit zu unterwerfen und einen Discofox ironisch zu imitieren, haben wir aufgegeben und tanzen nun einfach eng. Sehr eng. Zu eng für die Musik, vermutlich zu eng für die Menschen, die uns zusehen. Aber nach all den Monaten ist es gar nicht eng genug.

Es gibt gute Nachrichten und schlechte. Die schlechten sind sehr offensichtlich: Dem Rasen gefällt das Juli-wetter nicht. Was vor unserer Abfahrt noch zumindest grob im Farbspektrum grün war, mäandert jetzt vorrangig ins Gelbliche.

»Mist«, sage ich.

»Ist doch nur Rasen, der wird schon wieder«, sagt Kurt, streicht mir über den Rücken und trägt unsere Taschen ins Haus. Ich gehe in den Schuppen und hole den Viereckreg-ner raus, verbinde ihn mit dem gelben Gartenschlauch und setze mich auf die Hollywoodschaukel, um sicherzu-gehen, dass jede Ecke des traurigen Bodens beregnet wird.

»Überwachst du den Rasensprenger?«, fragt Kurt grin-send, als er mit zwei Flaschen Radler aus dem Haus kommt. Er wartet ein Wasserintervall ab und hopst dann zu mir auf die Schaukel. Das Radler ist kalt, ich klemme es zwischen meine Schenkel und reibe gleichzeitig die In-nenseite meiner Handgelenke an der Flasche, so dass mein Blut gekühlt durch meinen schwitzenden Körper geleitet wird.

»Och Süße, bist du jetzt echt traurig wegen des Rasens?«

»Wir hätten Gauger bitten sollen, ihn zu sprengen«, erwidere ich mit vorgeschobener Unterlippe.

»Ja, aber jetzt ist es, wie es ist. Du gibst dem jetzt richtig viel Wasser, und dann erholt der sich schon.«

Kurt nimmt einen Schluck aus der Flasche und sieht sich um.

»Oh. Dafür hat Kurts Jasmin endlich Blüten! Haste gesehen?«

Ich blicke nach rechts und tatsächlich: Er blüht. Und: Kurt hat »Kurts Jasmin« gesagt.

»Du hast ›Kurts Jasmin‹ gesagt!«

Kurt schweigt.

Ich wanke hin und her, wie eine Betrunkene. Der lose, vorrangig nur aus Sand bestehende Waldboden gibt unter den Rädern vollkommen unberechenbar nach, die zahlreichen Kienäpfel werden zu kleinen, gefährlichen Tretminen, auf denen die Räder des alten Diamantrades jederzeit abrutschen und mich in den sicheren Tod stürzen lassen könnten. Der Waldweg ist so schmal, dass wir nur hintereinander fahren können, meine Beine streifen Brennnesseln, ab und an peitscht mir ein dünner Ast ins Gesicht, aber ich fühle mich seltsam glücklich. Das alte Klischee von Freiheit durch Geschwindigkeit legt seine Flügel über mich und lullt mich ein in ein Gefühl von grenzenloser Zufriedenheit. Ich trete fester in die Pedale, höre, wie ich Kurt hinter mir lasse. Die Kienäpfel stellen keine Gefahr mehr dar, sie fliegen, ja flüchten panisch unter meinen Rädern nach rechts und links, Insekten prallen von mir ab, die Umgebung aus Nadelbäumen und Sträuchern wird zu einem verschwommenen, braungrünen Hintergrund. Ich höre Kurt lachen, die Haare auf meinen Armen stellen sich auf, die Muskeln in meinen Waden und Oberschenkeln beginnen zu brennen, ich atme schwer und nicht, ohne die eine oder andere Mücke zu verschlucken.

Wir besitzen keine eigenen Räder. Ich kann mich nicht mal daran erinnern, wann ich das letzte Mal ein eigenes Rad hatte. Vermutlich zur Abizeit. Glücklicherweise ist Fahrradfahren wie, nun, Fahrradfahren: Man verlernt es nicht. Nachdem ich also ein paar Meter brauchte, um mich mit den unwirtlichen Gegebenheiten anzufreunden, bin ich nun im Rausch und fliege auf Andreas Rad durch den Wald, als hätte ich nie etwas anderes getan.

Als Kind habe ich das Radfahren durch den Wald geliebt. Während der Sommerferien in der Schorfheide fuhr mein Opa regelmäßig mit seinem alten Rennrad in den nächsten Ort, um dort in einer Kneipe eine Bockwurst zu essen und ein Pils zu trinken. Wenn ich sehr viel Glück hatte, durfte ich mitkommen. Den kleinen Hintern auf dem Kindersitz, die Füße auf den ausklappbaren Fußstützen, die Hände in der Mitte des Lenkers, eingerahmt von Opas beeindruckenden Pranken. Als Ehemann und Vater soll Opa kühl und beizeiten cholerisch gewesen sein, als Großvater war er liebevoll und kreativ. Vielleicht brauchte er einfach eine Generation lang, um Liebe zeigen zu können.

Es war etwas Besonderes, meinen Opa ganz für mich

alleine zu haben, aber das wirklich Aufregende war, dass er mir, während wir durch den Wald fuhren, gruselige Geschichten aus dem Krieg erzählte. Obwohl, oder gerade weil, er damals selbst noch ein Kind gewesen war, fesselten mich seine Erzählungen von Luftschutzbunkern und Bombeneinschlägen sehr. Ich saß immer besonders still auf dem Kindersitz, darum bemüht, nicht zu nerven, so dass er bloß nicht aufhörte mit seinen Geschichten. Wenn er nicht vom Krieg erzählte, sprach er über Wildschweinmütter, vor denen man sich im Frühling in Acht nehmen muss, was zu tun ist, wenn man Frischlinge sieht, woran man erkennt, dass Wild zugegen ist.

Mein Opa starb, als ich acht Jahre alt war. Ich bin nie wieder auf einem Fahrradkindersitz gefahren. Aber ich weiß alles Relevante über Wildschweine.

Ich halte an und versuche Luft zu holen, während das Scheppern von Kurts Rad lauter wird.

»Alter! Was hat dich denn plötzlich geritten?«, fragt Kurt, nicht außer Atem, aber sichtlich beeindruckt.

»Das ist dieser Geschwindigkeitsrausch, von dem die jungen Leute immer sprechen!«, sage ich grinsend und spucke eine Mücke aus.

»Sehr beeindruckend.«

Kurt zieht einen imaginären Hut.

»Rechts?«, frage ich.

»Rechts!«

Die kleine Straße ist breit genug, als dass wir nebeneinander fahren können.

»Lass uns Räder kaufen!«, schlage ich vor.

»Wofür?«, fragt Kurt, und ich ziehe meine Augenbrauen zur Antwort so hoch, wie es nur geht.

»Zum Fahren. Schon klar«, sagt Kurt »aber ich meine, wir brauchen doch nie Räder. Wir haben zwei Autos.«

»Aber die Umwelt!«, rufe ich theatralisch und würde gern beide Hände in die Luft werfen, um etwas mehr Drama zu generieren, ich bin aber noch nicht sicher genug, um freihändig zu fahren, beschließe ich.

»Seit wann ist dir die Umwelt so wichtig? Und außerdem kann man mit einem Rad so gut wie nichts transportieren.«

»Was haben wir denn bitte zu transportieren?«

»Alles Mögliche! Lebensmittel, Taschen, wenn es nach dir geht diverse Kilo Pflanzen. Ich denke nicht, dass das alles auf den Gepäckträger passt.«

Ich sehe nach hinten, um die Größe und Tragfähigkeit des Gepäckträgers abzuschätzen. Meines leeren Gepäckträgers, um genau zu sein.

»Scheiße.«

»Was?«, fragt Kurt und sieht auch auf meinen Gepäckträger.

»Ich hab das Handtuch irgendwo verloren.«

»Siehste!«

»Warum hast du nichts gesagt? Du bist doch die ganze Zeit hinter mir gefahren!«

»Und ich sag noch, dass man damit nichts transportieren kann!«

»Kurt! Warum hast du nichts gesagt?«

»Ich habe es nicht bemerkt! Denkst du echt, ich wäre so ein Arsch, dass ich dir nicht sagen würde, wenn du dein Handtuch verlierst?«

»Jetzt müssen wir wieder zurück.«

»Quatsch. Wir trocknen einfach ohne Handtuch und sammeln es auf dem Rückweg wieder ein.«

Ich sehe zurück in den Wald, etwas besorgt, aber auch sehnsüchtig.

»Na gut«, seufze ich und hebe den Hintern zurück in den Sattel.

»Voller Bomben ist der!«, hat Andrea gesagt, als wir die Räder für einen abendlichen Badeausflug zum Lehnitzsee ausliehen. »Fahrt doch lieber zum Grabowsee, der ist auch viel schöner.«

Aber wir wollen nicht zum Grabowsee. Dessen Schönheit macht ihn zum Cheerleader unter den Seen, wir mögen aber die Buckeligen und Pickeligen lieber, daher soll es der Lehnitzsee sein, auch weil der aufgrund seiner Buckeligkeit fast immer leer ist. Und wie hoch ist denn bitte die Wahrscheinlichkeit, durch unsere Baderei eine Bombe zu aktivieren? Wobei, gar nicht so gering: In Oranienburg schlafen angeblich noch etwa dreihundert Bomben aus dem Zweiten Weltkrieg. Wenn sie das Gefühl haben, dass ihre Entdeckung zu lange dauert, explodieren sie einfach von allein. Sie sind wie Kinder, mit denen keiner spielt. Sie schmollen eine Weile und holen sich notfalls die benötigte Aufmerksamkeit. Rein faktisch hat das etwas mit speziellen Langzeitzündern zu tun, aber wen interessieren schon die Fakten, wenn man sich stattdessen eine Bombe mit Aufmerksamkeitsdefizitsyndrom vorstellen kann.

Wenn man direkt hinter dem Ortsausgangsschild von Oranienburg in den Wald abbiegt, bieten sich drei leider nur semiattraktive Stellen an, um im Lehnitzsee eine Bombe durch ambitioniertes Brustschwimmen zu aktivieren. Wir entscheiden uns für die alte, etwas runtergekommene Bootsanlegestelle mit einer betonierten Rampe, die direkt und flach ins Wasser führt. Durch den ganzen Beton geht etwas von der romantischen Natürlichkeit verloren, aber es ist auch eine schöne Symbiose aus Stadt und Land. *Bitte folgen Sie der Straße, bis Sie spüren, dass Ihre Füße nass werden.* Während Kurt bereits frei von Angst mit wenigen, langen Schritten ins Wasser stakst, um sich dann sofort in die sogenannten Fluten zu stürzen, stehe ich unschlüssig in bisher nur meine Knöchel umspielender Plörre. Wo die Rampe aufhört, schwimmen alte Äste und sonstiger Abfall der Natur. Kurt hat das Wasser aufgewühlt, und ich kann bis auf braunen Schlamm und ab und zu an die Oberfläche tretendes Holz nicht sehen, was zu meinen Füßen ist, ein Umstand, den ich hochgradig unangenehm finde. Ich bin eben doch nur ein mäkeliges Stadtkind. Ein echter Brandenburger ignoriert die Unterwassernatur und macht einen Köpper ins kühle Nass. Wie Kurt. Ich hingegen tapse langsam und übervorsichtig weiter in Richtung der untergehenden Sonne, habe Angst vor Krebsen und Scherben und Fischen und allem, was entweder weich oder scharfkantig ist. Auch sonst mache ich alles falsch, was mir in der Kindheit in Sachen Seebetretung beigebracht wurde: Jedes Mal, wenn das Wasser ein paar Zentimeter mehr meines Körpers erobert, bleibe ich stehen und quieke leise und atme stoßweise. Oberkörper nass machen und zack untertauchen, hieß es früher. Das Pflaster mit einem Ruck abziehen. Lieber ein Ende mit Schrecken als ein Schrecken ohne Ende. Mein Schrecken geht mir erst bis zur Mitte des Oberschenkels, und ein Ende ist nicht in Sicht.

»Jetzt mach schon!«, ruft Kurt, der schon etwa fünfzig Meter weit geschwommen ist. »Sonst bist du erst drinnen, wenn ich schon wieder draußen bin!«

»Jaja«, murmle ich und setze einen Fuß vor den anderen. Nun ja, einen halben Fuß. Dann trete ich auf etwas Scharfes, quieke laut und tipple, so schnell es geht und hoffentlich ohne die Dutzenden Krebsfamilien, die in meiner Vorstellung unter dem Schlamm auf meine Füße warten, zu erwischen, zurück an Land.

»Fuck!«, zische ich und sehe unter meinen rechten Fuß. Ein wässeriges Rinnsal aus Blut läuft aus meinem Zeigezeh. »Ich blute!«, rufe ich Kurt zu, der schon wieder auf dem Rückweg ist.

»Schlimm?«, fragt er und prustet Wasser vor sich hin.

»Nee«, sage ich leise und etwas enttäuscht. »Aber ich gehe hier nicht rein!«

Vielleicht machen sich die schönen und beliebten Cheerleader vollkommen zu Recht über die Buckeligen und Pickeligen lustig.

»Zeig mal.«

Kurt kommt aus dem Wasser und schüttelt das Wasser von seinem Kopf, so wie es nur nasse Männer, nie aber nasse Frauen tun.

»Ist nicht so schlimm.«

Ich schäme mich etwas.

»Bis du heiratest, ist alles wieder gut.«

»Ich finde das wenig tröstlich.«

Kurt lacht, legt seine Jeans auf den Boden, setzt sich drauf und klopft neben sich auf die ausgebreiteten Hosenbeine: »Setz dich.«

Während Kurt trocknet, ich vor mich hin blute und sich das Wasser wieder so beruhigt, dass man sehen kann, wie unattraktiv der Boden des Lehnitzsees tatsächlich ist, dämmert es. Die Sonne ist noch nicht ganz untergegangen, aber sie färbt die Wolken in einer Farbe, die die Menschen heutzutage online auf Fotos mit dem Hashtag *#skyporn* versehen. Der See ist glatt und liegt da wie eine riesige Folie. Kurt raucht eine seiner selbstgedrehten Zigaretten, und ich spüre nur ein bisschen rum.

Seen in sommerlichem Abendlicht machen mich traurig. Immer. Es geht mir mit Sonntagen und dem Frühlingsanfang ähnlich. Alle drei machen mich merkwürdig melancholisch. Ich kann es nicht erklären, es gibt keinen nachvollziehbaren Grund, warum abendliche Sommerseen, Sonntage und der Frühling meine Stimmung negativ beeinflussen sollten, aber sie tun es. So zieht sich nun mein Herz zusammen, und in meinem Kopf läuft leise Azure Rays »November«. Ein Schwanenpaar scheint ein geheimes Zeichen bekommen zu haben und schwimmt nun langsam an der Stelle vorbei, an der die Sonne hinter den Wolken untergeht.

»Schon idyllisch, wa?«, stellt Kurt fest.

Joah.

»Ich glaube nicht, dass ich weiterschauen kann. Mich macht das ganz wahnsinnig!«, rufe ich Kurt ins Gästeklo nach. Auf meinem Laptop ist das aufgedunsene Gesicht von Steven Avery gefroren und lässt es so noch mutloser erscheinen als sonst. »Wie kommen die Amis mit so was durch? Ich verstehe das nicht.«

Wir befinden uns erst in Folge vier von Making a Murderer, und ich bin jetzt schon vollkommen fertig mit den Nerven. Während Kurt auf dem Gästeklo schweigt, widerstehe ich dem Drang, zu googeln, wie diese Absurdität der amerikanischen Justiz ausgeht. Ich ahne Schlimmes, will aber gleichzeitig nicht gespoilert werden.

»Macht es dich nicht verrückt, wie ungerecht das alles ist?«, versuche ich es wieder. Kurt bleibt still. »Unfassbar«, murmle ich und öffne einen neuen Tab, um das Wetter für die kommenden Tage zu checken. »Bist du ins Klo gefallen?«, rufe ich, als Kurt auch nach zehn Minuten nicht wieder da ist. »Waren es meine Kochkünste?« Ich schicke Laura eine WhatsApp-Nachricht. *Kurt ist seit drei Stunden auf dem Klo. Mir ist langweilig. Was machst du?* Ich starre auf Lauras Namen, um nicht zu verpassen, wenn sie online geht. Sie geht nicht online. *Ey! Unterhalte mich!* Das hilft ja immer enorm, wenn jemand nicht auf Nachrichten antwortet: noch mal schreiben. *Lauraaaaaaaaaaa. Spiel mit mir!* Laura geht genau in dem Moment online, als Kurt im Wohnzimmer erscheint. Er ist blass, in den Händen hält er mehrere Zettel. Ich brauche nur wenige Sekunden, um zu begreifen, was er da hat. Der Moment, in dem die Erkenntnis einsetzt, wird von dem gläsernen Ping von Lauras Antwort eingeläutet.

»Es tut mir leid«, sage ich.

Mein Telefon pingt ein weiteres Mal, aber ich lasse Kurt nicht aus den Augen.

»Ich … es war nur …«

Die Worte formen sich nicht so, wie ich es gern möchte. Sie kugeln in meinem Kopf hin und her, versuchen Sätze zu bilden, aber sie sind wie gleichgepolte Magnete und stoßen einander ab und in alle Richtungen, so dass am Ende nur einzelne Stücke über meine Lippen kommen. Kurt steht in der Tür, er sieht erschöpft aus und schaut abwechselnd auf die Papiere und seine Füße.

»Kurt, es … ich …«

Jetzt muss ich wirklich mal einen ganzen Satz sagen. Einen, der bestenfalls Verben und eventuell sogar Adjektive hat. Es muss kein langer Satz sein, er muss keine Kommas haben, er muss nur vollständig sein. Subjekt, Prädikat, Objekt. Mein Telefon pingt erneut, geistesabwesend drücke ich den Knopf, der das Telefon auf Vibration stellt.

»Ich geh eine rauchen«, sagt Kurt und wendet mir abrupt den Rücken zu.

»Kurt!«

»Alles gut. Lass mich kurz eine rauchen.«

Und dann ist er aus dem Haus, und mein Telefon vibriert in meiner Hand.

> Laura, 21.12 Uhr: WTF???
> Laura, 21.12 Uhr: Manche Menschen müssen arbeiten, Lena. Nicht jeder von uns ist für deine Unterhaltung abgestellt.
> Laura, 21.14 Uhr: Hallo?
> Laura, 21.15 Uhr: Das ist so typisch du: erst so Aufregung machen und dann kommt eine Fliege vorbei und du bist schon wieder abgelenkt.
> Laura, 21.21 Uhr: Hallo??! Na ich bin jetzt jedenfalls nicht mehr zu erreichen. *Stinkefingeremoji*

Sie schreibt tatsächlich *Stinkefingeremoji*.

Als Kurt wiederkommt, ich nehme an, es waren eher zwei bis drei Zigaretten, sitze ich immer noch mit dem Telefon im Schoß und habe den Blick auf den pausierten Netflix-Stream gerichtet. Ich bin neidisch auf mein Ich von vor zehn Minuten, als mein größtes Problem die scheinbar unrechtmäßige Inhaftierung des vermeintlich unschuldigen Steven Avery war. Das waren noch Zeiten!

»Es tut mir leid«, wiederhole ich leise und versuche in Kurts Gesicht zu lesen.

»Nein. Muss es nicht.«

Er atmet schwer aus, legt die Infoblätter des Bestattungshauses und des Friedwaldes auf das Bücherregal neben der Tür und reibt sich die Schläfen. Eine Din-A4-Seite rutscht von dem flachen Stapel herunter und fällt auf den

Boden. Kurt ignoriert es, und ich sehe, dass es der Ausdruck des Brandenburgischen Bestattungsgesetzes ist. Ob er auch Kurts Bild vom Jasmin gefunden hat? Mit seinen zu blassen und anatomisch inkorrekten rosa Blüten? Oder klemmt es noch ganz alleine und einsam hinter der Waschmaschine? Ich werde später nachsehen müssen, aber jetzt muss ich erst mal hier sitzen bleiben und abwarten.

Kurt reibt sich weiter die Schläfen, als er langsam auf mich zukommt. Ich klappe den Laptop zu und mache Platz auf dem Sofa.

»Kurt, ich weiß, es ist weird, aber ich hatte so viele Fragen, und ich hab mich nicht getraut, dich zu fragen, und du hast nichts erzählt und warst so beschäftigt mit allem, dass ich …«

»Es ist o. k. Wirklich.«

»Ich hätte es dir sagen sollen. Oder doch nachfragen. Oder den Kram irgendwann wegräumen, ich …«

»Lena. Hör mir zu: Es ist o. k.! Ich war nur überrascht, das ist alles. Es ist nicht schlimm. Im Gegenteil. Es ist total nachvollziehbar, und ich bin ein Idiot.«

»Was? Nein! Ich wollte dich nur nicht …«

Kurt unterbricht mich wieder, dieses Mal ungeduldig und genervt: »Lena. Lass mich das mal sagen, verdammt! Es ist o. k. Ich bin nicht sauer. Ich habe gar kein Recht, sauer zu sein. Es ist nur so traurig.«

»Ich weiß. Es tut mir leid.«

Kurt dreht sich mit seinem ganzen Körper energisch zu mir um und sieht mir fest in die Augen: »Im Ernst, wenn du dich noch einmal entschuldigst, sage ich dir, ob Avery am Ende freikommt oder nicht.«

»Du weißt, wie es ausgeht? Wir wollten doch nicht googeln!«

Laura hat recht, ich bin leicht abzulenken.

»Ja, und ich werde es jederzeit gegen dich verwenden, wenn du nicht aufhörst, dich zu entschuldigen, und mir endlich mal zuhörst.«

»O. k.«, sage ich kleinlaut und bin schließlich still.

Kurt legt mir die Hände auf die zum Schneidersitz verschränkten Beine, wie ein Therapeut, der mir gleich erklären wird, dass der Durchbruch nahe ist und sein Stundenhonorar von 130 Euro daher vollkommen gerechtfertigt.

»Ich war ein Idiot. Ich hätte dich miteinbeziehen sollen.«

Ich hole Luft, um etwas zu sagen, besinne mich aber rechtzeitig und beiße mir auf die Zunge.

»Es tut mir sehr leid. Es war nie mein Plan, dich so sehr außen vor zu lassen, dass du dir ein Versteck für all das suchen musstest. Das ist furchtbar traurig und komplett meine Schuld. Bitte entschuldige.«

Ich überlege, ob ich jetzt wohl etwas sagen darf, wüsste aber gar nicht was.

»Scheiße!«, sagt dafür Kurt und legt sein Gesicht in beide Hände.

»Nicht«, sage ich und streichle sein Haar, so dass sein Kopf jetzt von insgesamt vier Händen nahezu umzingelt ist. Er schüttelt sich frei, so dass die ganzen Hände nur so fliegen, und sagt energisch:

»Nee. Nicht *nicht*. Mir wird jetzt erst bewusst, was das bedeutet! Die Vorstellung, wie du auf den kalten Fliesen vor der Waschmaschine sitzt und dir heimlich die bundeslandtypischen Bestimmungen zur Bestattung durchliest, ist kacke. Ich bin ein fucking Idiot. *Scheißescheißescheiße.*«

»So schlimm war es gar nicht. Und ich hab auf dem Klo gesessen. War nicht kalt.«

»Du weißt, was ich meine.«

»Ja.«

Ich weiß, was er meint. Und es kommt so unverhofft, dass mein Gehirn Schwierigkeiten hat, es zu verstehen. Kurt küsst mich. Auf den Mund. Lange und warm.

»Ich bin ein Idiot«, murmelt er direkt auf meine Lippen.

»Danke«, murmle ich zurück.

Mein Gehirn ist jetzt so weit.

Der Sommer nervt. Unser eigentlich recht kühles Haus kapituliert vor den dauerhaften Temperaturen über dreißig Grad. Um es nicht schlimmer zu machen, halten wir die Fenster tagsüber geschlossen und lüften nur abends. Wobei lüften hier optimistischer klingt, als es ist, im Grunde tauschen wir nur die abgestandene und fertiggeatmete Luft unserer Räume gegen die nur marginal kühlere, aber wenigstens frischere Luft draußen aus. Selbst das funktioniert nicht richtig, denn die dicke Innenluft ist ein fetter, träger Mann, der nicht vor die Tür gehen möchte. Also bleibt er bockig drinnen und macht uns müde und muffelig.

Ich wache aus einem schwülen Halbschlaf auf. Kurt hat

augenscheinlich den Ventilator ausgestellt, die Luft steht. Ich hingegen liege, nackt und verschwitzt, und versuche mich zu orientieren. Ein leises Summen irritiert mich, dann fällt mir Gaugers Mähroboter ein, der immer nur nachts seine Runden zieht, weil Gauger Angst hat, dass er ihm geklaut wird, wenn die potentiellen Mähroboterdiebe tagsüber bei ihm vorbeigehen und das Objekt ihrer Begierde sehen. »Ick muss die Leute ja ooch nich mitte Nase druff stoßn«, sagt er. Es ist ein befriedigendes Geräusch: das leise Summen des Motors und das sanfte Gebritzel der Klingen. Nicht unähnlich dem Geräusch eines elektrischen Rasierers. Dazu mischt sich ein zartes Schnarchen von Kurt, und ich schlummere wieder ein.

Als ich das nächste Mal aufwache, ist das Summen verschwunden. Vermutlich lädt der Mähroboter, bevor er seine nächste Runde startet. Auch Kurts Schnarchen ist verschwunden, so wie der ganze Kurt. Seine Seite des Bettes ist von unruhigem Hitzeschlaf zerstrampelt und leer. Ich schließe die Augen und versuche mich in den Schlaf zurückzuschicken.

Ich wache von dem Geruch meines Schweißes auf. Das Schlafzimmer ist gleißend hell und riecht trotz gekipptem Fenster nach Schlaf und Mensch und feuchter Baumwolle. Ich drehe mich auf den Rücken und starre an die Decke. Eine Spinne läuft von einer Ecke in die nächste, zwischendurch bleibt sie immer wieder stehen, entweder um auszuruhen, oder um keine Aufmerksamkeit zu erregen.

Noch vor einem halben Jahr war die gesamte Zimmerdecke mit Kork ausgelegt. Ich denke an meine Befriedigung beim Abreißen der Korklappen. An Kurts Fluchen, als er auf der Leiter stehend die Reste des Klebers mit einem stumpfen Spachtel abzukratzen versuchte. Sechs Monate.

»Kaffee ist fertig, aufstehen!«

Kurt kommt in Unterhose ins Zimmer und legt sich, wie damals der kleine Kurt, mit seinem gesamten Gewicht auf mich.

»Uff.«

»Und Zähne putzen!«, ergänzt er, fünf Zentimeter von meinem Gesicht entfernt. »Ich liebe dich, aber du riechst nach Verwesung.«

Kurts Gewicht nagelt meinen Körper so fest in die Matratze, dass ich mich nicht bewegen kann. Mein Morgenatem findet also keinen anderen Weg als direkt in Kurts Gesicht, als ich sage: »Geh. Runter. Kann. Nicht. Atmen.«

Kurt wedelt sich theatralisch vor der Nase rum: »Ist vielleicht besser so!«

Ich rolle mich umständlich unter ihm hervor und bleibe auf der Seite liegen. Kurt dockt an meinen Rücken an, und so liegen wir eine Weile in siamesischer Embryonalhaltung und hören dem Gequatsche der Vögel zu. Dann wird es mir zu warm und ich stehe auf.

Im Flur stehen Umzugskartons, und ich habe ein Déjà-vu. Gleich wird Jana kommen, und ich habe die Handtücher noch nicht gewaschen, und warum ist es so kalt im Haus, und ist es zu früh, um die Pflanzen einzugraben? Aber auch im Untergeschoss ist es heiß, nicht so schlimm wie oben im Schlafzimmer, aber warm genug, um zu rechtfertigen, dass Kurt nur eine Unterhose trägt. Die Kartons sind leer. Kurt folgt meinem Blick, sieht der trägen Entwicklung meiner Gedanken zu, gibt ihnen Zeit, in der Realität anzukommen, und sagt dann leise: »Ich denke, ich fang heute mal an.« Auch diese Aussage tröpfelt unerträglich lange durch meinen Kopf, bis sie an ihrem richtigen Platz angekommen ist, aber dann nicke ich einfach und setze mich an den Tisch zu meinem Kaffee.

Der Teig ist rotbraun, der Farbe von getrocknetem Blut nicht unähnlich. Ich habe bereits die doppelte Menge der empfohlenen Dosis roter Lebensmittelfarbe verwendet, und trotzdem wird die Pampe in der Rührschüssel nicht ansehnlicher, vor allem sieht es nicht aus, als würde sie jemals ein schöner Red Velvet Cake werden können. Allerhöchstens ein *Maroon* Velvet Cake. Und über die versprochene Konsistenz *velvet* wird vermutlich auch zu streiten sein. Ich summe leise zu Dusty Springfields »Take Another Little Piece of my Heart«, kratze den Rest der grellroten Lebensmittelfarbe »Christmas Red« aus dem Döschen und mische es in den Teig. »Roter wird's nicht«, murmle ich und schalte das Licht in der Küche an. Innerhalb der letzten zehn Minuten ist es draußen zappenduster geworden. Es ist erst früher Nachmittag, aber die heißersehnten Gewitterwolken legen sich wie eine Plane über das Oberhavelland und versprechen wütend vor sich hin grummelnd

Sturzbäche von Regen. Ich sehe aus dem Fenster, die Bäume und Büsche wiegen sich im immer stärker werdenden Wind hin und her, scheinbar entspannt und leicht, wie bekiffte Hippies, aber ich wette, sie spüren, dass etwas aufzieht. Tief drinnen fürchten sie sich sicher. Ich wende mich wieder meinem unattraktiven Teig zu, der erst der Anfang eines komplizierten Unterfangens ist. Der Kuchen muss nach dem Backen noch längs geteilt und mit einem Butter-Frischkäse-Zucker-Frosting gefüllt und ummantelt werden.

Kurt hat mich für dieses Experiment, das mein Talent klar überschreitet, belächelt. Zu Recht, fürchte ich. Aber eine meiner großen Leidenschaften ist es, Süßspeisen aus amerikanischen Serien nachzumachen. Kurt und ich haben nach einem Gilmore Girls-Re-run im letzten Jahr eine leider eher unbefriedigende Pop-Tarts-Phase durchschritten, in der wir sage und schreibe zehn verschiedene Sorten probierten, nur um zu dem traurigen Ergebnis zu kommen, dass alle staubig und auf eine egale Art gleich süß schmecken. Mein Key-Lime-Pie-Experiment (ich hatte die Folge Friends gesehen, in der Ross Monicas Kiwi Lime Pie für einen Key Lime gehalten hatte und dann wegen einer allergischen Reaktion auf Kiwi ins Krankenhaus musste) war schon erfolgreicher. Der Banana Pudding nach Oprah Winfreys Rezept war sogar ein Bestseller, die riesige Schüssel war mit Hilfe beider Kurts und etwas Dope am späten Abend innerhalb weniger Stunden aufgegessen.

Dass ich mich nun an etwas so Fortgeschrittenes wie

eine gefüllte Torte wage, ist sowohl meinem Dessertgrö-
ßenwahn zu schulden als auch der Tatsache, dass ich mich
aufgrund des Wetters nicht mit Gartenarbeit davon ablen-
ken kann, dass oben Kurt das Leben seines Sohnes in Kisten packt.

Die Küchenfensterscheibe erzittert beim ersten richtigen Donnern, und für einen Moment stehen alle Hip-
pie-Bäume mucksmäuschenstill, als wollten sie nicht die
Aufmerksamkeit des nahen Unwetters erregen.

Die Musik aus meinem Computer und das Grollen
draußen stoppen für wenige Sekunden, und ich kann leise
Kurts Musik aus dem Obergeschoss hören. Es ist irgendetwas Schrabbeliges, Energisches. Vielleicht Joy Division
oder irgendwas Altes von The Smiths. Das ist gut, denke
ich. Zackige Musik ist gut. Roter Teig läuft vom Löffel, den
ich augenscheinlich schon geraume Zeit hochhalte, an
meinem Unterarm herunter. Ich lecke ihn ab und kratze
den Teig in die Springform. Es graut mir davor, den Torten-
boden später teilen zu müssen. Im Internet stand irgendwas von einem Faden und einer Drehscheibe.

Es blitzt so hell, dass all die eingeschalteten Lampen in
Küche und Wohnzimmer wie verantwortungslose Strom-
verschwendung wirken. Ich zähle die Sekunden, bis es
donnert (zwölf), und fühle mich wie jemand, der die Natur
verstanden hat. Nun, zumindest ein bisschen Ahnung hat.
Ist es ein Kilometer pro Sekunde? Zehn?

Kurt kommt mit einem Karton die Treppe herunter.
Sein Haar ist wirr, er sieht verschwitzt aus. Meine Augen
tasten sein Gesicht nach Bedürfnissen ab, versuchen zu er-

ahnen, was er brauchen könnte. Eine Umarmung? Gute Worte? Eine Zigarette? Ruhe?

»Ich muss mal was trinken. Da oben ist es unfassbar heiß, wird Zeit, dass es richtig losregnet, ist ja unerträglich.«

Ah ja. Ich musste das Gesicht gar nicht lesen, sein Mund hat es mir gesagt. Ich hole eine Flasche Wasser aus dem Kühlschrank und lege den tropfenden Holzlöffel in die Spüle.

»Wie läuft's mit dem Kuchen?«, fragt Kurt, stößt auf und sieht sich in der Küche um.

»Es sieht aus, als hättest du jemanden ermordet«, fügt er, nicht ohne Stolz hinzu.

Ich folge seinem Blick und sehe, dass er recht hat. Die rote Lebensmittelfarbe hat im Teig nicht so viel bewirkt, wie ich es gern gehabt hätte, aber auf Geschirr und Fliesen hat sie eine doch recht beeindruckende Strahlkraft.

»Tja nun, wo gehobelt wird …«, erwidere ich, weiter Kurts Gesicht auscheckend. Aber er sieht entspannt aus. Verhältnismäßig entspannt. Vielleicht nicht entspannt, aber wenigstens neutral. Neutral ist nicht so schlecht. Kurt nickt und trinkt einen weiteren Schluck aus der Wasserflasche.

»Und bei dir? Brauchst du Hilfe?«

Ich lecke an den Teigresten an meinem Unterarm herum, um so beiläufig wie möglich zu wirken.

»Geht schon.«

Kurt schraubt die Flasche zu, klemmt sie sich unter die Achsel und verlässt die Küche.

Mein Unterarm ist inzwischen teigfrei, ich lecke dennoch wie eine apathische Katze weiter und starre aus dem Fenster, weil ich mich verlassen fühle und nicht weiß, was ich sonst tun soll.

»Kommst du mit raus? Ich will eine rauchen.«

»Klar!«, rufe ich erleichtert und vielleicht etwas übereifrig in den Flur und wische mir die Hände an einem Küchentuch ab, um sie nur noch klebriger zu machen. Haushalt muss ich noch lernen.

»Und bring die leere Teigschüssel mit, ich will auskratzen.«

Es ist inzwischen so dunkel, dass es statt 15 Uhr auch vollkommen überzeugend 21 Uhr sein könnte, selbst die Solarlampen fallen auf das Wetter rein und gehen zögerlich eine nach der anderen an. Es stürmt, vereinzelt blitzt und donnert es (neun Sekunden), aber von Regen noch keine Spur. Kurt setzt sich auf das Gauger'sche Blumensofa und klopft auf den Platz neben sich. Ich setze mich.

»Nicht du. Die Teigschüssel!«, sagt Kurt und legt grinsend einen Arm um mich.

»Ich weiß nicht, ob der was wird.«

»Der Kuchen? Ach, es kann ja nicht schlimmer werden als das Pop-Tarts-Drama.«

Ich ziehe an Kurts Zigarette und blicke in den Himmel. Ein weiterer emotionaler Trigger: Gewitter. Je bedrohlicher, desto schöner. Ich hoffe, dass es ganzganz schlimm wird.

»Du hoffst auf Weltuntergang, wa?«, fragt Kurt und küsst meine Schulter, wo er einen kleinen roten Fleck vom Teig hinterlässt. Wie ein Lippenstiftabdruck. Es ist gut. Alles. Das Wetter, Kurt, der Lippenstiftabdruck.

»Ich komme ganz gut voran, denke ich«, sagt Kurt und lässt den Löffel in die blitzeblank gekratzte Teigschüssel fallen.

»Schön.«

Ich will Kurts freimütiges Berichten nicht stören, daher bleibe ich wortkarg.

»Jaja. Ist ja nicht viel.«

Herrje.

»Wir müssen uns mal überlegen, was wir mit all den Sachen machen wollen.«

»Will Jana nichts?«

Ich bin nicht sicher, wie rhetorisch Kurts *wir* gemeint ist, also taste ich mich mal heran.

»Ich glaube nicht. Sie hat ja ein eigenes Kinderzimmer auszuräumen. Nach der Beerdigung hat sie sich nur eine Zeichnung mitgenommen.«

Ich denke an den gemalten Jasmin, der immer noch hinter der Waschmaschine stecken muss, und bekomme ein schlechtes Gewissen.

»Willst *du* was aus *ihrem* Kinderzimmer?«, frage ich.

Kurt reibt sich die Schläfe: »Mann, was für ein Chaos, oder? Zwei Kinderzimmer.«

Er sagt es nicht resigniert, er lächelt und schüttelt nahezu amüsiert den Kopf. Er wirkt … gelöst. Dann fragt er: »Was ist mit dir? Willst du irgendwas haben?«

Kurt stellt die fast leergekratzte Teigschüssel in seinem Schoß ab und sieht mich an.

Ich bin überrumpelt: »Äh.«

»Komm doch mit hoch. Dann kannste mir vielleicht etwas bei der Auswahl helfen. Außerdem hab ich auch bessere Musik als deinen Schmusekram hier unten.«

»Pfft«, erwidere ich wenig schlagfertig und versuche, meine Freude über Kurts Einladung nicht allzu offensichtlich zu machen. Ich hieve mich vom Terrassensofa hoch, und genau in dem Moment, in dem Kurt mir einen Klapps auf den Hintern gibt und »Na dann los, Madame!« sagt, fällt der erste Regen. Es beginnt nicht langsam, es regnet sich nicht ein, es fällt aus dem Himmel wie ein verdammter Airbus.

Ich habe mich geirrt. Es sind weder Joy Division noch The Smiths. Kurt hört, während er das Zimmer seines toten Sohnes ausräumt, die zweite Platte der Libertines. Ich sitze wie ein Teenager beim ersten Date auf Kurts Bett und nicke leicht im Takt von »Campaign of Hate«, während Kurt auf dem Boden hockt und Kinderbücher in einen Karton packt. Draußen geht die Welt unter, die Fensterscheibe sieht aus, als würde jemand unablässig Wasser aus einem Eimer dagegenschütten, es sind keine einzelnen Tropfen auszumachen. Die Abstände zwischen Blitz und Donner sind nun sehr kurz, in nur wenigen Minuten werden beide auf denselben Zeitpunkt fallen.

»Sieh dich ruhig um. Wenn dir irgendwas gefällt, dich irgendwas an Kurti erinnert, nimm es!«

»O. k.«, sage ich und bleibe sitzen.

Nach ein paar Minuten sieht Kurt wieder auf: »Lena. Echt jetzt. Willst du nichts?«

Ich tue, wie mir geheißen, und sehe mich um. Obwohl das halbe Zimmer schon in Hornbach-Kartons verstaut ist, sieht es noch schmerzhaft nach einem Sechsjährigen aus. Neben mir auf dem Bett lauter Stapel Jungskleidung. Winzige Stapel. Ich habe nie darüber nachgedacht, dass kleine Kinderkleidung ja auch kleine Stapel ergibt. Ich wende schnell den Blick von einem Haufen kleiner Schlüpfer ab.

»Alles o. k.?«, fragt Kurt und steht ächzend und sich den unteren Rücken haltend auf.

»Ja. Es ist nur … die Schlüpfer.«

Kurt sieht zu dem kleinen Haufen und wieder zurück zu mir. Er hat Tränen in den Augen und lächelt.

»Ja. Die Schlüppis sind am Schlimmsten, oder?«

Er lässt sich neben mich aufs Bett fallen und drückt meine Hand.

»Ja.«

Ich weine.

»Ja.«

Kurt weint auch.

»Ich glaub, dein Kuchen ist fertig!«, schreit Kurt von unten, wo er die vorletzte Kiste abgestellt hat. »Zumindest riecht es schon ganz braun!«

»Fuck. *Fuckfuckfuck.*«

Ich stürme die Treppe hinunter und rieche es auch.

Durch die Scheibe des Backofens kann ich sehen, dass noch nichts raucht oder schwarz geworden ist, aber es ist die sogenannte allerhöchste Eisenbahn. Ich fürchte, der Red Velvet Cake wird nun also weder red noch velvet. Unterm Strich werde ich einfach einen braunen, trockenen Kuchen gebacken haben.

Während ich die Springform panisch aus dem Ofen zerre (ein paar kleine schwarze Stellen kann ich nun doch entdecken, aber das wird ja alles noch unter Cream Cheese Frosting begraben), nimmt Kurt zwei Radler aus dem Kühlschrank.

»Komm, wir gehen raus.«

»Es schüttet.«

»Eben!«

»Kurt. Es ist nicht nur Regen. Es ist wie ein Vollbad.«

»Ja! Mach Dusty lauter und lass uns schwimmen gehen.«

»Ich weiß nicht.«

»Lena! Wir gehen jetzt raus und tanzen zu irgendwas vollkommen Unemanzipiertem im Regen. Punkt.«

Also suche ich Dustys erbärmlichsten Song raus, öffne das Küchenfenster, um den Garten zu beschallen, und dann tanzen wir zwar nicht richtig, aber wir springen, erst ein wenig beschämt, dann leidenschaftlicher und irgendwann nahezu kopflos, durch den Garten und schreien uns zu »You Don't Have to Say You Love Me« die verdammte Seele aus dem Leib. Und schon a-ha sagten ja alles, was nötig ist, über den Vorteil von Regen, wenn man weinen muss, und am Ende sind wir leer und verausgabt, so wie der Himmel, der nun auch fertig ist und auf seinem eigenen Sofa sitzt und sich ausruht.

Man sieht dem Kuchen gar nicht an, dass er nicht rot genug ist. Das liegt in erster Linie natürlich daran, dass man ihn gar nicht sieht, er ist von allen Seiten mit süßer, weißer Creme eingeschmiert, aber das muss man ja auch erst mal so schön machen, dass es nicht aussieht wie ein schlimmer Küchenunfall. Die Him- und Blaubeeren, die ich sehr sorgfältig wie zufällig auf der kleinen Torte arrangiert habe, tun ihr Übriges. Laura hat mal gesagt, solange man ein paar Beeren drauflegt, sieht alles super aus. Recht hat sie: Mein Red Velvet Cake ist so schön, dass ich am liebsten das Anschneiden verbieten möchte. Aber da macht Kurt nicht mit: »Ich will den jetzt auch probieren! Du hast den ganzen Nachmittag rumgeflucht, jetzt will ich wissen, ob es das wert war!«

Kurt schwingt schon ein großes Messer wie einst Norman Bates, also nehme ich es und schneide ein Stück heraus.

»Wow«, haucht Kurt.

Unsicher sehe ich zur Seite, um eine eventuelle Text-Bild-Schere in seinem Gesicht zu erhaschen, aber weit gefehlt: Kurt ist beeindruckt. Und als das erste Stück aus dem Leib des Mutterkuchens gezogen wird, sehe ich es auch: Ich habe den Teig mit dem blöden Faden tatsächlich perfekt mittig geteilt. Durch die ganze weiße Zucker-Butter-Frischkäse-Pampe scheint der Teig viel roter, und zwei Blaubeeren kullern, wie in letzter Minute von einem Aufnahmeleiter geschubst, von der Torte herunter und liegen nun lasziv neben ein paar roten Krumen. »Ja. Wow«, hauche ich nun auch und schneide mit dem riesigen Messer eine Ecke des Kuchenstücks ab, spieße es auf und stecke es mir in den Mund. Ich weiß nicht recht, wie genau sich die erstrebte Konsistenz *velvet* im Mund anfühlen soll. Aber er ist phantastisch. Ich bin beeindruckt von mir selbst. Kurt nimmt mir das Messer ab und schiebt sich auch ein Stück in den Mund.

»Geil«, bestätigt er mein unausgesprochenes Selbstlob.

»Aber schmeckt er *velvet*?«, frage ich.

Kurt kaut und überlegt. Ich liebe, wie viel Zeit er sich nimmt.

»Wie schmeckt denn *velvet*?«

»Weiß ich ja eben auch nicht!« So kurz vor einem unerwarteten Erfolg bin ich plötzlich ungeduldig. »Samtig halt.«

Kurt nimmt noch ein Stück und wälzt es lange im Mund rum, so als wäre er bei einer Weinverkostung.

»Keine Ahnung. Aber lecker ist er! Und rot! Das war doch deine Sorge?«

»Also unterm Strich ein sehr guter Red Cake, nicht notgedrungen ein Red Velvet Cake?«

Kurt nickt: »Aber auch nur in Ermangelung von Ahnung, wie *velvet* schmecken soll.«

Ich nicke.

Dann gehe ich ins Gästeklo, pinkle, wasche mir ein wenig zu lange die Hände und atme dabei tief ein und aus. Als ich mich bücke und blind hinter der Waschmaschine herumfummle, werde ich für einen Moment panisch, weil ich bis auf Schläuche und etwas Feuchtigkeit (darum werden wir uns kümmern müssen, versuche ich mir zu merken) nichts ertasten kann. Zumindest nicht das, was ich ertasten möchte. Meine Augen fangen an zu brennen, und meine Nasenspitze kribbelt. Jetzt bloß nicht mit der Hand hinter der Waschmaschine anfangen zu heulen. Ich werde hektisch und zerre nun an der Maschine, die sich keinen Millimeter bewegt, da wir inzwischen einen Trockner von meinen Eltern geschenkt bekommen haben, der aus Platzmangel auf der Waschmaschine steht.

»*Scheißescheiße*«, flüstere ich und zerre wie blöd an den Geräten.

»Alles o. k.?«, fragt Kurt durch die Tür. »Kommt der Kuchen wieder raus?«

»Alles o. k.«, sage ich und merke selbst, dass der Ton meiner Worte sie Lügen straft.

Kurt wartet nicht ab, er kennt mich. Er fragt nicht noch einmal, er klopft nicht, er öffnet einfach die Tür.

»Was *machst* du?«

Wie ein Kleinkind mit den Pfoten in der Keksdose erwischt, ziehe ich die Hand schnell hinter der Waschmaschine hervor, bleibe an irgendetwas hängen und fluche.

»*Fuck.*«

»Lass mal sehen.«

Kurt nimmt meinen Arm, er ist bis zum Ellenbogen hoch staubig und hat eine kleine Schnittwunde am Handgelenk.

»Hast du versucht, dir die Pulsadern an der Wasch-

223

maschine aufzuschneiden? Das fänd ich schon sehr erbärmlich. Zumal du doch gerade so einen beeindruckenden Kuchenerfolg gefeiert hast!«

Kurt hält mit der einen Hand meinen Arm, als könnte er weglaufen, und sucht mit der anderen im winzigen Unterschrank des Waschbeckens nach Pflastern. Als er nicht fündig wird, macht er ein paar Lappen Klopapier nass und reinigt die Wunde.

»Ist nicht tief. Ist eigentlich sogar nur ein Kratzer. Du bist die schlechteste Selbstmörderin der Welt.«

Jetzt sieht er mich an, mit flatterigen Augenlidern.

»Der Jasmin«, sage ich und schäme mich.

»Der Jasmin?«

»Kurts Jasmin«.

»Lena. Ganze Sätze bitte!«

»Er ist noch hinter der Waschmaschine. Das Foto von dem Jasmin. Kurt hat Blüten draufgemalt. Ich will es aufhängen. Ich will nichts aus seinem Zimmer. Aber das Foto. Und ich finde es nicht mehr.«

»Verstehe.«

Kurt lässt endlich meinen staubigen Arm los und steht eine Weile unschlüssig herum. Dann pflügt sich plötzlich eine grimmige Entschlossenheit durch sein Gesicht, die mir sowohl ein wenig Angst macht als auch eine Spur sexuelle Erregung zu Tage bringt. Er krempelt sich imaginäre Ärmel hoch (er trägt ein schmutziges Feinrippunterhemd, da gibt es nichts zu krempeln) und geht einen entschiedenen Schritt auf das Waschmaschine-Trockner-Monster zu und zerrt kopflos an ihm herum.

»Kurt, der fällt noch um!«

»Quatsch!«

Kurt schnauft.

»Vom Trockner erschlagen werden finde ich noch un-cooler, als sich an der Waschmaschine zu schneiden. Just sayin'«, sage ich und setze mich verliebt auf den geschlossenen Toilettendeckel. Da steht er jetzt, mein auserwählter Lebensabschnittsgefährte: nass vom Regen, schmutzig vom Leerräumen des Kinderzimmers, das kein Kind mehr beherbergt, und zerrt an einem Berg von Haushaltsmaschinen, um meinen Jasmin zu befreien.

Ein paar Häuser weiter kreischt eine Kreissäge und macht mir ein warmes Gefühl im Bauch. Das sind meine liebsten Brandenburggeräusche: das nölige Aufheulen der Rasenkantentrimmer, das entfernte Böllern lebensmüder Motorradfahrer und eben das Kreischen der Tischkreissägen, mit denen die Latten des neuen Carports geschnitten werden. All das weckt in mir eine Heimeligkeit, die mich zu Tränen rühren kann. Natürlich bin ich auch empfänglich für den üblichen Klangteppich der Natur: klopfende Spechte, summende Insekten, das entrüstete Bellen eines Hundes in der Ferne, aber so ein Flugzeug, das sich über Pankow in Richtung Tegel wälzt, oder eben eine fleißige Kreissäge, sind meine Auslöser für einen schönen emotionalen pawlowschen Reflex.

Ich hacke träge auf der Tastatur meines Laptops herum, erfinde nichts Neues, korrigiere nur bisher und eher mittelmäßig Geschriebenes. Immer wieder wird meine Aufmerksamkeit von den Zitronenfaltern auf dem Lavendel abgelenkt. Zusammen mit ein paar fetten Hummeln tanzen sie lässig um die blauen Blüten herum, als wären sie Besucher eines sehr kleinen Festivals. Keiner streitet, alle sind entspannt, und das artenübergreifend. Unser Lavendelbusch ist ein Sinnbild für eine bessere Welt.

Ich höre Kurt im Haus leise fluchen, gefolgt von einem lauten Krachen. Und einem erneuten Fluchen. Lauter dieses Mal. Zufriedenheit breitet sich in meinem Oberkörper aus, wie Sahne in heißem Tee. In dicken, cremigen Wolken pulsiert sie, immer größere Kreise ziehend, aus meinem Herzen heraus und flutet mich mit einer Zuckrigkeit, die mir fast fremd geworden war. Ich halte inne, meine schreibfaulen Finger frieren über der Tastatur ein, und ich versuche mich nicht zu bewegen, um das Gefühl nicht zu verscheuchen. Wieder kracht es im Haus, dieses Mal dumpf. Und irgendwie … nass. »Brauchste Hilfe?«, brülle ich, um sicherzugehen, auch durch mindestens drei Wände und zwei Stockwerke gehört zu werden. Kurt antwortet mit einem einsilbigen Wort, dessen Bedeutung ich aber nicht richtig verstehe, also brülle ich erneut: »Kurt? Brauchst du Hilfe?«

»Nein«, brüllt es zurück. Und dann leiser: »Vielleicht später.« Zumindest glaube ich, dass es das ist, was Kurt nachgeschoben hat. Vielleicht hat er aber auch etwas anderes gesagt. *Mannometer* zum Beispiel. Was für ein gutes Wort! Ich überlege, ob ich das Wort in meinen Verkehrsartikel einfließen lassen kann. Ich kann es nicht. Schade.

Die Fliegentür öffnet sich, und Kurt tritt mit zwei Tassen Kaffee heraus. Ich mustere ihn von oben bis unten und wieder nach oben zurück. Er nimmt vorsichtig die drei Stufen in den Garten und trägt den Kaffee zu mir auf die Hollywoodschaukel.

»Pause?«, frage ich und nehme die heiße Tasse entgegen.

»Pause.«

»Kommst du voran?«

»Geht so. Und du?«

»Geht so.«

Kurt nickt, schließt die Augen und sieht auch zufrieden aus. Er hat gestern Abend den Teppich in Kurts Zimmer rausgerissen. Heute früh war das darunterliegende Linoleum dran. In hässlichen, braunen Lappen liegen seine Überreste auf der Terrasse, direkt neben den übriggebliebenen Paketen Laminat, von denen wir hoffen, dass sie ganz knapp für Kurts Zimmer reichen werden. Kurt sagt »Kurts Zimmer«. Ich versuche eine konkrete Bezeichnung zu vermeiden, manchmal sage ich »Kinderzimmer« oder »oben«, wenn klar ist, dass nicht das Schlafzimmer gemeint ist. Ein wenig tänzle ich noch herum um die beiden Kurts, aber es ist ein leichterer Tanz, ein Quickstep vielleicht. Oder ein doofer Discofox. Kein Walzer mehr.

Kurt streichelt mein Bein. Er tut es gedankenverloren und zart. Die schönste Art, gestreichelt zu werden. Dann seufzt er und schwingt sich aus der Hollywoodschaukel.

»Ich hab den Farbeimer umgeschmissen.«

»Cool«, sage ich und sehe ihm nach.

Ich meine ein kokettes Wackeln seines Hinterns zu sehen und pfeife ihm hinterher. Kurt wirft den Kopf in den Nacken wie eine von Ru Pauls zauberhaften Queens und lässt die Fliegentür hinter sich zufallen. Dann klappe ich den Laptop wieder auf und beende meinen Artikel.

Die beste Zeit, um Rasen zu beregnen, ist vier Uhr morgens. Die Verdunstung ist dann am geringsten, die Pflanzen können am meisten Wasser aufnehmen und speichern und sich so für einen heißen Spätsommertag rüsten. Ich habe die neue Zeitschaltuhr für die Bewässerung dementsprechend eingestellt und einen Viereckregner angeschlossen, der fast die gesamte Rasenfläche abdeckt, dennoch lasse ich es mir nicht nehmen, wie ein richtiger Landbewohner zusätzlich jeden Abend gegen sechs einmal durch den gesamten Garten zu hotten, um die restlichen Pflanzen per Hand zu gießen. Oranienburger Meditation nennen wir das, und so abfällig es klingt, ist es dennoch die schönste halbe Stunde des Tages. Der Geruch der warmen, feuchten Erde, die feinen Spritzer des kalten Brunnenwassers an meinen Füßen, die aufstiebenden Insekten, die sich eben erst zum gemütlichen Abendbrot auf Rosen, Hortensien und Wasserdost eingefunden haben und nun vom Wasserstrahl verscheucht werden. Die Abendsonne scheint mir in spitzem Winkel in den Nacken, so dass mein alter Strohhut keinen ausreichenden Schutz mehr vor einem kleinen Endseptembersonnenbrand bietet. Mücken fliegen um meine nackten Gliedmaßen, werden aber umgehend vom Geruch des Autan-Sprays abgestoßen und halten daher einen höflichen Abstand. *Kieken, aber nicht anfassen.*

Das iPhone in der Brusttasche meiner Latzhose spielt alte Folgen von This American Life, und ich sehe mich zufrieden um: Wir haben das gut gemacht. Das Haus ist ein Zuhause, der Garten ist satt und fett und grün und lebendig, die ersten Herbstfarben schummeln sich unter die langsam vergehende Sommervegetation. Hinter dem Haus klettert die Trompetenblume wie um ihr Leben um die Fenster des Wohnzimmers herum, ihre üppigen korallfarbenen Blüten so wunderschön, dass ich mich schäme, die im März noch vollkommen unscheinbaren und blattlosen, grauen Stängel aus Ahnungslosigkeit fast rausgerissen zu haben. Aber eine Gartenikone wird man eben auch nur durch ein vernünftiges Praxisstudium. Ich habe eine Routine während der vorabendlichen Wässerung: Ich öffne den Gartenwasserhahn und laufe dann einen Kreis durch den Garten. Im Uhrzeigersinn gehe ich alle Pflanzen ab, gebe ihnen Wasser, ein paar freundliche Worte, ab und zu beschimpfe ich sie auch. Auf dem Weg zurück zum Wasserhahn komme ich an Kurts Jasmin vorbei. Er ist die letzte Station auf meinem *Circle of Life*. Er hat spät und nur sehr verhalten geblüht. Ich nehme an, dass er erst im nächsten Jahr so richtig ausschlagen wird. Vielleicht musste er erst mal in Ruhe ankommen bei uns. Bis es so weit ist, sehen wir einfach Kurts Version vom blühenden Jasmin an. Sie hängt jetzt am Kühlschrank. Die blassrosa Blüten scheinen nicht mehr so unrealistisch.

Obwohl die Erde unter dem Jasmin feucht aussieht, bekommt sie dennoch einen Schluck Wasser. Vorsichtshalber. Der Strahl der am Schlauch befestigten Brause ist zu hart und spritzt neben Wasser auch Erde in alle Richtungen, nicht optimal, denke ich, für die nächste Saison kaufe ich eine von diesen 7 in 1-Brausen, die von einem zarten Sprühnebel über eine natürliche Regensimulation bis hin zu einem flachen, dachähnlichen Strahl alles können. Gauger hat so eine. Ich bin neidisch. Zurzeit muss es noch das derzeitige Modell *Brutaler Wasserwerfer* tun. Bevor ich mit dem harten Strahl die Pflanze versehentlich wieder ausgrabe, drehe ich den Gartenwasserhahn zu und rolle den Schlauch auf. Auf dem Weg zurück ins Haus sehe ich etwas Helles inmitten der nassen dunklen Erde unter dem Jasmin schimmern. Herrje, ich habe tatsächlich seine Wurzeln mit dem Wasserstrahl freigelegt und sende ihn nun schwerverletzt und geschwächt in den nahenden Winter. Ich mache einen Umweg über den Schuppen, um Gartenhandschuhe zu holen und den Rest der billigen Baumarkt-Pflanzerde, im Geiste google ich bereits »Erste Hilfe für verletzte Wurzeln«. Während ich den nur noch zu einem Drittel gefüllten Sack mit Erde hinter mir herziehe, versuche ich den Schaden aus der Entfernung einzuschätzen: Was da unter dem Strauch hervorblitzt, ist beige, zu hell eigentlich für eine Wurzel. Vielleicht ist es nur ein Knochen, den irgendein Tier dort vergraben hat? Oje, bitte lass es kein ganzes totes Tier sein, denke ich und verlangsame meinen Schritt, um Zeit zu schinden. Je näher ich komme, desto unattraktiver sieht das kleine Stückchen Beige aus. Ich ziehe die Gartenhandschuhe über, halte in weiser Voraussicht den Atem an, bücke mich und ziehe den kleinen Fremdkörper aus der Erde.

Es ist ein Flügel. Ein kleiner, weißer Plastikflügel, festgeklebt an einem orangen Spielzeugauto. Ich lasse mich auf den Hintern fallen, der umgehend nass wird. Kurts Matchboxauto. Oder *Hotwheels,* oder was auch immer gerade der heiße Auto-Scheiß unter kleinen Jungs ist. Es ist schmutzig. Erde ist durch die fingernagelgroßen Fenster ins Innere des Wagens geraten, die Scheinwerfer sind verschmiert. So kommt er nicht durch den TÜV. Ich brauche eine Weile, um zu denken und nicht nur zu fühlen. Wie ist es hierhergekommen? Kurt kann es nicht hier vergraben haben. Nicht der kleine. Ich habe das Auto noch vor wenigen Wochen in seinem besitzerlosen Zimmer gesehen. Ich weiß das so genau, weil es weh getan hat. Die Erinnerung daran, wie das Auto noch vor einem halben Jahr im Bett neben meinem Kopf auf und ab fuhr. Und dann entdecke ich die Schippe. Lila und pinke Blüten. Das ironische Geschenk meiner Mutter. Kurt hat vergessen, sie wieder in den Schuppen zu legen, nachdem er das Auto seines Sohnes unter Kurts Jasmin vergraben hatte.

Irgendwo startet ein Rasenmäher. Es ist ein Benziner. Ich kenne den Unterschied.

III

KURT

Kurt ist unzufrieden mit der Situation. Ganz offensichtlich genervt sitzt er am Rande des Oder-Havel-Kanals, blickt über das Wasser auf die Seite mit den Joggern und dem Asphalt und schüttelt immer wieder den Kopf. Ich sehe ihn von der Seite an, unauffällig, denn niemand wird gern dabei erwischt, jemanden heimlich von der Seite anzusehen. Ab und zu schnauft er leise und entrüstet, aber er sagt kein Wort.

Ich wende den Blick von Kurt ab und puste in die Tasse der Thermosflasche, der Kaffee ist zu heiß, mein Durst groß. Während ich mir die Dampfschwaden des Getränks ins Gesicht wabern lasse, erinnere ich mich an die Erkältungen meiner Kindheit. Meine Mutter war großer Fan des Konzeptes Heilung durch Wasserdampf, weshalb Laura und ich regelmäßig über Schüsseln heißen Pulmotin-Wassers gebeugt sitzen mussten, den Kopf unter einem Handtuch, damit nichts von dem kostbaren Nebel verlorenging. Es war fast unmöglich, in dieser Dampfhöhle zu atmen, die Augen brannten vom Eukalyptus, die verstopfte Nase schien sich vor lauter

Schreck eher zusammenzuziehen, anstatt sich zu öffnen.

Das Kaffeedampfbad hier am Grabowsee ist natürlich etwas anderes. Die erwachsene Version von Heilung durch Wasserdampf. Heilung durch Kaffeedampf, *take this, Mutter*!

»Weinst du? Dein Gesicht ist ganz rot«, fragt Kurt, sein Interesse ist von den Joggern zu meinem kaffeedampfbenetzten Gesicht gewechselt. Besser als nichts.

»Neenee. Ist nur der Dampf vom Kaffee. Alles gut«, sage ich.

Er scheint enttäuscht. Ich nehme an, dass sein merkwürdiges Schmollen anfängt, ihn zu langweilen. Eine weinende Lena hätte da eine schöne Abwechslung geboten. Tja nun, Entschuldigung.

»Willste nen Schluck?«, frage ihn.

»Mama sagt, ich darf keinen Kaffee.«

»Ja. Aber willste nen Schluck?«

Kurts Interesse ist geweckt: »Aber das schmeckt ganz bitter!«

»Das weißte doch gar nicht, wenn du nicht probiert hast.«

Durch Kurts leuchtend blaue Augen kann ich sehen, wie es in seinem Kopf kämpft. Mama gegen Kaffee. Erziehung gegen Hedonismus.

»Los, trau dich, bevor dein Papa vom Pinkeln wiederkommt.«

»Was, wenn es eklig ist?«

»Na, dann spuckst du es aus!«

»Was, wenn Mama sauer wird?«

»Es bleibt unser Geheimnis!«

»Cool«, haucht Kurt und streckt langsam die kleine Hand nach meiner Tasse aus.

Ich fühle mich wie die Hexe von Hänsel und Gretel, die die Kinder im Käfig mästet, um sie später zu essen.

Ich sehe Kurt aus dem Wald kommen, er friemelt an seinem Hosenschlitz rum und trägt eine Zigarette im Mundwinkel. Ach Gott. Rauchen vor dem Kind ist ja auch nicht viel verantwortungsloser, als einen Schluck süßen, sahnigen Kaffee zu verkosten, also mahne ich Kurt zur Eile: »Entweder jetzt oder nie, dahinten kommt dein Papa!« Mit Geheimniskrämerei kriegt man auch das vernünftigste Kind, also weiten sich Kurts Augen etwas vor Aufregung, und er nimmt ehrfürchtig den Becher in die Hand. Ich höre das Knacken der Äste und Kienäpfel unter Kurts nahenden Schritten, und in meinem Bauch erwachen Insekten.

Mit beiden Händen umfasst Kurt den Becher, vorsichtig, um das kostbare Getränk nicht zu verschütten, und nippt daran mit seinen kleinen rosa Kinderlippen.

Bevor er ein Urteil abgibt, reicht er mir den Kaffee zurück.

»Papa kommt«, flüstert er verschwörerisch.

»Und?«, flüstere ich zurück, »sag schnell, wie es geschmeckt hat!«

»Süß! Wie die Milch, wenn man Karamelcornflakes gegessen hat!«

Ich lächle ihn stolz an und reiche ihm die Ghettofaust,

um noch schnell unser Geheimnis zu besiegeln. Er schlägt ein, dreht sich um und kräht: »Papa! Ich hab Kaffee getrunken!«

»Na, vielen Dank, Kumpel«, sage ich und schubse ihn ein kleines bisschen. »Ich dachte, das wäre unser Geheimnis!«

»Ja, aber Papa gehört doch zu uns!«

Vielleicht mache ich mir gleich vor lauter Gefühl ein bisschen in die Hose.

»Na, dann haste ja jetzt genug Energie, um eine ordentliche Runde zu rennen, wa? Wer als Erster am See ist!«, sagt Kurt und rennt vor.

Der kleine Kurt sieht mich an.

»Ja ja«, sage ich.

Und dann rennen wir eben.